Johann Nepomuk Sepp

Markos Botzaris

Trauerspiel in fünf Akten

Johann Nepomuk Sepp

Markos Botzaris
Trauerspiel in fünf Akten

ISBN/EAN: 9783743450684

Hergestellt in Europa, USA, Kanada, Australien, Japan

Cover: Foto ©Andreas Hilbeck / pixelio.de

Manufactured and distributed by brebook publishing software
(www.brebook.com)

Johann Nepomuk Sepp

Markos Botzaris

Markos Botzaris.

Trauerspiel

in fünf Akten

von

Sepp von Laßberg.

❋

Καὶ τῆς πατρίδος ἕνας
Νὰ γένη ἀρχηγός.
'Ρῆγας.

en Bühnen gegenüber als Manuscript zu betrachten.)

Mainz, 1860.
Verlag von Franz Kirchheim.

Perſonen.

...auroſordatos, Präſident des hellenischen Senats.
...auromichalis, Fürſt der Maina.
...orphyrios, Metropolit von Arta.
...arkos Botzaris, Polemarch der Sulioten.
...hryſe, ſeine Gattin.
...hryſtopulos, ſein Bruder, als Geiſel im Türkenlager. (Frauenrolle.)
...aſiliki, ſeine Schweſter.
...itzos, ſein Protopallikar und Waffenträger.
...mer Briones, Serasker an der Spitze der Albaneſen.
...eſchid Paſcha, Befehlshaber der anatoliſchen Truppen.
...uſuf Paſcha von Lepanto, Kapudan der Blokade-Flotte.
...agos Beſſiaris, Omer's Muherdar oder Siegelbewahrer.
...uleika, Reſchid's Tochter.
...arnakiotis, griechiſcher Überläufer.
...ohn Bull, Unterhändler.
...er Kapidſchi Baſchi.
...n Aga.
...ſſan, der Mohr, Omer's Mamluk.
...turnaris,
...avellas,
...raiskaki,
...nſtantin Botzaris, } Häuptlinge der Armatolis.
...ezes,
...ſſis,
...orgaki,
...zzas,
...papopulos,
...ephanopulos, } Pallikaren.
...zakos,
...lioten, Mainoten, Türken und Arnauten.

Verlauf der Handlung vom 7. November 1822 bis 20. Auguſt 1823.

Schauplatz: I—III. Akt in und vor Miſſolongi.
   „   IV.   „ zu Vlamla.
   „   V.   „ Türkenlager vor Karpeniſſa.

Erfter Att.

1. Szene.

Im Chonaki oder Haufe des Woiwoden zu Miffolongi.

Maurofordatos, Sturnaris, Karaiskaki.

turn. Wir find verloren, rette fich wer kann!

Maurok. Hier ift die Stätte, wo wir kämpfen müffen,
Hier halten wir uns bis zum letzten Mann.

turn. Im Feld von Arta liegen unfre Brüder.
Vernichtet ift die Philhellenenfchaar,
Und aufgelöft find alle Heeresglieder.
Wenn Gott im Himmel nicht den Sturm
abwendet,
Ift heute unfer Untergang vollendet.

Maurok. Mit euch vereint zu theilen die Gefahr
Hat der Senat von Argos mich gefendet.
Hier foll zerfchellen der Osmanen Macht,
Im weiten Felde bleichen die Gebeine,
Hier kämpfen wir vielleicht die letzte Schlacht
Und Miffolongi's Schickfal ift das meine.

raisk. Was liegt uns hier an der Lagunenftadt,
Wer wird in diefe Sümpfe fich verkriechen?

Maurok. Ein Mann wie du gibt nie den Rath zu
                    Flucht.

Karaisk. Ein Mann ist, wer sich frei das Schlachtfeld sucht.

Maurok. Weh, wenn die Anarchie das Haupt erhebt,
Dann ist es um das Vaterland gethan.
Das ist's, was unsre Freiheit untergräbt,
Ein jeder handelt nur nach seinem Plan.
Und wo die Tapfern noch im Felde steh'n,
Ist's um den Einfluß des Senats geschehn.

Karaisk. Wer in der Schlacht ficht, hat im Rath zu
                    sprechen.

Maurok. Darf eure Willkür alle Schranken brechen?

Sturn. Genug, daß noch die Kapitäne wagen
Bei den Phanarioten anzufragen.

Maurok. Ihr habt dieß Land mit eurem Blut gedüngt
Und wollt nicht Fuß für Fuß es streitig machen,
Verderblich ist der Rathschluß, den ihr bringt.
Laßt uns aus der Bestürzung erst erwachen!
Wer sich verloren gibt, ist's immerdar.
Steht der Tararch, so kämpft der Pallikar.

2. Szene.
Tzavellas.

Tzav. Auf! fort! so lang zu Schiff noch Rettung ist,
Der Engpaß von Kleisura ist verloren.
So schreit das Volk und stürzt nach den Lagunen,
In Feuer lodern rings die Dörfer auf.
Es schont das Beil der wüthenden Osmanli
Des Weinstocks nicht, der fern vom Wege steht
Der Oelbaum blutet unter ihren Streichen
Und selbst die Vögel in der Luft entweichen.

Raurok. Wo je ein Türke seinen Fuß hinsetzt,
         Da wächst kein Grashalm mehr! so heißt es jetzt.

zav.   Kaum halten noch die letzten Pallikaren
         Den Ungestüm der Albanesen auf
         Und decken, die Bevölk'rung in der Mitte,
         Mit ihren Leibern diesen blut'gen Rückzug.
         Schon hat das Schwert die Tapfersten erreicht.
         Der Sulioten Heldenschaar ist nicht mehr,
         Und Botzaris gefangen oder todt.

Raurok. Was sprichst du für ein ungeheures Wort!

zav.   Nur allzuwahr, so fürcht' ich, ist die Kunde.
         Die Trauerbotschaft geht von Mund zu Munde.

Raurok. Dann läßt das Kriegsvolk sich nicht länger halten.
         Wir haben keine Zeit mehr zu verlieren.

Caraisk. Alarm erfüllt die Gassen schon! was seh' ich?

zav.   Der Feind ist vor den Thoren!

Raurok.   Nein, ein Häuflein
         Der Unsern rückt noch eben in die Festung.
         Ich seh' voran die Kreuzesfahne wehen,
         Ich seh' den Führer an der Spitze gehen.

Caraisk. Er lebt!

zav.   Er ist gerettet!

Raurok.   Ja, beim Himmel!
         's ist Botzaris mit seinen Sulioten.
         Wie jubelt ihm entgegen alles Volk!
         Die Pallikaren schwenken ihre Mützen,
         Es grüßen ihn die tugendhaften Frau'n,
         Die Mütter mit den Kindern auf den Armen.
         Die alten Männer weinen Freudenthränen,
         Daß sie sein Heldenantlitz nochmal schau'n,
         Und rufen Heil dem Kommenden entgegen.

3. Szene.

Bozaris.

Maurok. Heil dir und uns, willkommen, Bozaris!

Bozar. Willkommen, Freunde, hier in Missolongi!
Ein heißer Sturm hat uns hieher verschlagen.

Maurok. Mit bangem Hoffen zählten wir auf dich.
Was bringst du uns?

Bozar. Mich selbst! von meinen Leuten,
Die bis zuletzt mit mir den Rückzug deckten,
Ist kaum der vierte Mann mehr waffentüchtig.

Maurok. So sei willkommen mit der kleinen Schaar.

Bozar. Varnakiotis ging zum Feinde über,
Das ist die frohe Botschaft, die ich bringe.

Alle. Fluch dem Verräther!

Bozar. Aber ihn verließen
Die Seinen, als die Schande ruchbar ward.
Auch Rhangos wankt.

Maurok. So soll das Vaterland
An uns nicht undankbare Söhne finden:
Wir werden seinen Fall nicht überleben.

Sturn. Ich habe wenig Hoffnung.

Bozar. Keine Furcht!
Am Thor von Hellas halten wir die Wache.
Nur Kühnheit kann uns retten in der That,
Und alles Zagen wäre hier Verrath,
Es gilt den letzten Kampf für unsre Sache.
So hört! es ist Omer Brion, der Schrecken
Des Kreuzes und die Geisel der Hellenen,
Mit der verstärkten Macht der Skypetare,

Drei Pascha rücken wider uns heran:
Ich weiche keinen Schritt vor ihren Rotten.
Den Tapfern schont, den Flüchtling frißt das
Schwert.
Und zu mir steht der Rest der Sulioten.

Karaisk. Wo du bist, Polemarch, will ich nicht fehlen,
Das Leben hat mir weiter keinen Werth:
Du kannst auf meine Pallikaren zählen.

Botzar. Wer aber, Freunde, wird nach Hydra eilen?
Daß mit der Schiffe letztem Aufgebot,
Sie dieses blut'gen Kampfes Ehre theilen.

Sturn. So lasset ohne Aufschub mich von dannen,
Der Gerusia meld' ich eure Noth.

Maurok. Bis dahin hoffen wir den Feind zu bannen,
Bring uns Entsatz, du rettest uns vom Tod.

Botzar. Wohlan, die Kreuzesfahne auf die Zinnen!
Wenn unsren Muth der letzte Bürger theilt,
Wird nunmehr ein Verzweiflungskampf beginnen,
Bis Hellas' Volk uns rasch zu Hilfe eilt.

(Karaiskaki mit Sturnaris ab.)

4. Szene.

Porphyrios mit zwei Diakonen, welche Kirchengefäße tragen.

Porph. Der Himmel schirme seine tapfern Söhne,
Die edlen Streiter für das Kreuz des Herrn.
Sieg der gerechten Freiheit! Kein Hellene
Bleibt bei dem Aufruf des Eparchen fern.
Hier lege ich die heiligen Gefäße,
Sammt Weihgeschenk vom Opferschatz der Kirche
Auf den Altar des Vaterlandes nieder.
Ihr habt geschworen beim Panier des Kreuzes

Im Kampf der Nothwehr um den eig'nen Heerd
Das schönste Land Europa's zu befrei'n,
Vom blutgetränkten Boden Griechenlands
Den Erbfeind aller Christen zu verdrängen.

Botzar. Ja, edler Greis, wenn Blut verspritzt sein muß!
So soll es lieber für den großen Plan
Der Christenheit, als für die Türken fließen.
Erst wider Ali Pascha, den Tyrann,
Um uns mit ihm gemeinsam zu verderben,
Gab uns die Pforte Waffen in die Hand,
Die wir nun führen für das Vaterland.

Porph. Wohl wenn ein Volk in rasender Bethörung,
Im Abfall von dem angestammten Thron,
Zum blut'gen Aufruhr schreitet — 's ist Empörung
Es ist verdammliche Rebellion.
Es hascht die Menge mit dem Rufe: Freiheit
Stockblind nach einem äffenden Phantom,
Und wirft muthwillig für das leere Wort
Die Güter von Jahrhunderten über Bord.
Ja, wenn ein Stamm, im eignen Thun verletzt
Sich losreißt von der ganzen Nation,
Von Fremden unterstützt und aufgehetzt:
Es ist Verrath und bringt Verrätherlohn.
Doch kann die Welt uns zu Rebellen stempeln
Die wir im heil'gen Krieg auf Tod und Leben
Für unsre Selbsterhaltung uns erheben?
Es gilt den Kampf, den jedes Volk gestritten
Das noch als Volk in der Geschichte lebt,
Kein Reich zu stürzen, sondern seinem Sturze
Im letzten Augenblick uns zu entzieh'n;
Nicht umzustoßen Thronstuhl und Altar,

Vielmehr ein festes Regiment zu gründen,
Nicht Krieg zu führen, sondern um den Frieden
Uns zu erringen nach beständ'gem Krieg,
Und um für Wissenschaft und Sittigung
Das Land der Väter wieder zu erobern.
Dem wahren Herrn zu dienen haben wir
Der Despotie des Säbels abgesagt
Und wunderbar fürwahr sind Gottes Wege.
Er führt das Rechenbuch der Könige.
Das Wohl der Völker ist der Fürsten Glück;
Doch ihr Verderben klagt den Herrscher an.
Gott will nicht, daß noch länger diese Erde
Vom Fuß der Moslemin zertreten werde.
Ihr stehet auf in frischer Jugendkraft,
Und über euch wird Gottes Auge wachen.
Das Recht wird siegen, darum zaget nicht.
Stark ist ein Volk, das für sein Dasein ficht.

Botzar. Dank dir, du hoher Priester deines Volkes.
Du hast uns mit Begeisterung belebt,
Die unsern Muth zur kühnen That erhebt.

Porph. Ich will indeß um Sieg den Höchsten bitten;
Der Gott der Schlachten möge euch behüten! (Ab.)

Maurok. Wie Fluth und Ebbe wogt das Kampfesglück.
Die offne Feldschlacht brachte uns Verderben,
Auf's Neue kehrt der Thaten Muth zurück,
Für Hellas laßt uns siegen oder sterben.

5. Szene.

Chryse mit zwei Matronen.

Chryse. Wir treten schüchtern in den Kreis der Männer.
Die Noth, die alles Volk in Anspruch nimmt,

Befiehlt auch unſre Kräfte anzuſtrengen.
Empfanget die Kleinodien des Friedens,
Was aus dem Sturm des Krieges wir ge
rettet:
Hier dieſen Schmuck, ein Erbtheil meiner Mutte
Und (indem ſie aus der Hand der Frauen die übrigen G
ſchenke nimmt) all die reichen Ketten und Flori
Was ſoll es uns in dieſer Schreckenszeit?
Wir tragen ſie mit innigem Verlangen
Als Steuer mit zum heil'gen Kampfe bei.

Maurok. Dank dir, du Heldentochter der Selläis,
Und Miſſolongi's Frauen insgeſammt.
Ich weiß, woher die edle Handlung ſtammt.
Wie du als Geiſel dich mit deinen Kindern
In Ali Paſcha's Haft gegeben haſt
Und ſchmachteteſt im Seeſchloß von Janina,
Um uns die goldne Freiheit zu verbürgen.
So denkeſt du auch jetzt nicht an dich ſelbſt,
Wo es des Vaterlandes Rettung gilt.

Chryſe. Ach! rufet mir die Tage nicht zurück!
Liegt doch durch Treubruch noch Chriſtopulos,
Der Bruder meines Botzaris, in Banden,
Und ſchmachtet ſchwer in des Seraskers Handen.

Botzar. O laß die Wehmuth über ſein Geſchick,
Es kommt der Tag, wo wir ihn blutig rächen.
Im rothen Meer der allgemeinen Trübſal
Verrinnt der Schmerz des Einzelnen, wie nichts.
Noch ließ der Ungeſtüm der Gegenwart
Mich kaum an die Gefahr der Zukunft denken,
Doch welch ein Schlag mir vorbehalten ſei
Laß nicht dein Herz vom Kummer ſich verzehren.

Chryse. Nie werd' ich Trost und Freude mehr empfinden,
Bis Griechenland zur Freiheit aufersteht,
Bis wieder wir in Suli eingezogen,
In Frieden wohnen an der Väter Grab,
Wo noch das Kreuz hoch auf den Bergen steht.
Doch unser Auftrag endet, laßt uns eilen.
Wie dürften Frau'n im Rath der Männer
                              weilen,
Die das Geschick der Nation erwägen,
Indeß wir die Verwundeten verpflegen.
Schon liegen die Matronen Missolongi's
In allen Kirchen weinend auf den Knieen
Und ringen mit dem Himmel im Gebete,
Den Schutz des Allerhöchsten zu erseh'n,
Daß wir im letzten Streit nicht untergeh'n. (Ab.)

Mavrok. (zu Bozaris). Das ist dein Werk, mein treuer
                              Polemarch!
Du gabst hier den Gedanken. Ein's thut Noth.
Der Bürger opfert freudig Hab und Gut
Und theilt mit der Besatzung noch sein Brod.
Den armen Pallikaren beizusteh'n
Beseele uns der höchste Opfermuth,
Ich lasse mich durch Frauen nicht beschämen.
Zwei meiner Schiffe, welche in Marseille
Gewehre für Korinthen eingetauscht,
Und frisches Pulver in Liverno faßten:
Ich überlasse sie dem Vaterland.

Czav. Wir haben Hellas nie um Sold gedient,
Auch will ich mich durch Beute nicht bereichern.
Noch trag' ich etwas hier im Gürtel, seit ich
Beim Überfall im Engpaß von Derera

Den Ibris Aga von Grikachori
Mit meinem Säbel in den Staub gelegt.
Ich bläut' ihm in's Gebein den Christenthum
Da fiel mir auf der schwere Türkenbund,
Und seht, zehntausend Aspern fand ich drin,
Ich gebe sie zum Beßten Aller hin.

Botzar. Da bist du glücklicher, als ich gewesen.
Ich habe nichts als diesen Ziegenmantel,
Den mir die Türken wie ein Sieb durchlöcher
Da ich, Omer Brion zum bittern Grame,
Sein Lieblingsroß am hellen Tag entführte.

6. Szene.
Karaiskaki.

Karaisk. Schon hat der erste Schrecken sich gelegt,
Die Bürger greifen rasch zur Gegenwehr.

Botzar. Und sind die Pallikaren an der Arbeit?

Karaisk. Nothdürftig wird die Mauer ausgebessert,
Der Wall erhöht, die Gräben ausgetieft,
Den Wachen sind die Posten angewiesen.

Botzar. Bald werden wir die fremden Gäste seh'n.

Maurok. Doch wie das Spiel der Waffen fallen mag.
Es ist nicht heimlich mehr in Missolongi.
Vielmehr erheischt die dringende Gefahr,
Daß, wer nicht Wehr und Waffen trägt, noch heu
Sich ungesäumt zur Einschiffung bereite.

Tzav. Ich lobe deine Weisheit, vor dem Sturm
Erst Weib und Kind in Sicherheit zu bring

Botzar. Doch sprecht, wohin mit all dem armen Vol
Wer wird statt unser ihnen Schutz verleih'n?

Maurok. Nein, unser Loos soll nicht das ihre seyn.

Ein Raubwolf ist der Krieg, und weh' dem Lamme,
Das unbewehrt ihm in den Rachen fällt.

ιταιδκ. Nur Männer können diesen Sturm besteh'n.
Willst du mit Frau'n und Kindern untergeh'n?
Wir schlagen uns im schlimmsten Falle durch.
Jetzt ist die Zeit des Schwerts und der Gewalt:
Sie reißt den Säugling von der Mutterbrust,
Sie reißt die Gattin aus des Mannes Arme.
Vor ihrem unnachsichtigen Gebot
Muß auch die Stimme der Natur verstummen.

οζαr. Du hast kein Vaterherz, Karaiskaki!
Das Bluthandwerk erstickt dein Mitgefühl.
Hart scheint der Mann und rauh des Kriegers
          Sinn,
Jedoch der Frauen milde Gegenwart
Ist linder Balsam, und es heilt ihr Blick
Die Wunden, die der Arm der Schlacht geschlagen.
Kehrst du zurück vom mörderischen Streit
Sie werden menschlich dich empfinden lassen.

ℓaraiδκ. Das eben ist's, was von den Frauen droht.
Wird nicht ihr Jammer, ihrer Thränen Noth
Zuletzt zur Übergabe uns bestimmen?

Joζar. Sieh, meine Brust ist wie ein Narbenschild.
Ich will für Alle Blut und Leben wagen:
Doch Kindesauge lächelt mir den Frieden.
O wollet die Genossen unsrer Leiden
Der heimatlichen Erbe nicht berauben.

Maurok. Vermögen wir die Türken zu bestehen,
Wer sorgt, daß nicht der Mangel uns besiege?
Kaum reicht das Brod so lange uns zu halten,
Bis sich die Segel zum Entsatz entfalten.

Den erſten Platz im Herzen hat die Pflicht.
Drum laß durch deine treue Liebe nicht
Die freud'ge Tapferkeit gefangen nehmen.
Der Drang der Noth enthebt uns alles Zwei
Gar heldenmüthig ſind die Frau'n im Ung
Um wieviel mehr das Weib des Botzaris.
So wandle ſie in ihrer hohen Tugend
Auch jetzt den Übrigen im Volk voran.

Botzar. Nicht rühmen darf ich, was ſo lang als G
Chryſeis für das Vaterland geduldet.
Kaum daß ſie heimgekehrt aus dem Exil,
Die Freudenthränen ſich vom Auge trockne
So bringt ein neues Schwert ihr durch das H
Ich ahne leicht, es iſt die letzte Trennung.
Mein Buſen iſt umpanzert gegen jede,
Nur gegen dieſe Waffe nicht. Bald hab' i
Für eigne Leiden keine Thränen mehr. (a

Maurok. Wohlan! die Pallikaren auf die Mauer:
Der Würfel liegt, der Erzfeind bringt her
Fort mit der Unentſchloſſenheit und Trauer
Es wartet unſer Kampf und Kugelſchauer.
Wir harren aus bis auf den letzten Mann.

Alle. Triumph dem Kreuze! Tod dem Muſelma

7. Szene.

Szene am Strande mit der Ausſicht auf den Golf von Lepanto und
naße Inſel Baſiladis mit ihrer befeſtigten Baſilika. Greiſe, Weiber
Kinder flüchten mit ihrer Habe beladen über die Bühne, öfter zurü
blickend; zuletzt Botzaris, Chryſe mit Demetrius.

Botzar. Die Taube flüchtet, wenn der Geier naht.
Chryſe. So wird der Adler Suli's mich beſchützen.

ʒar. Wir kämpfen leichter, wissen wir euch sicher.

ryse. Ja, leichter kämpft ihr, aber besser nicht.

ʒar. Wir wollen die Hellenen hier des Krieges
Verhängnißvolle Strategie vertrauen:
Willst du das grauenvolle Blutbad schauen?
Wie könnte ich mit Ruh' den Kampf besteh'n,
Wie sollt' ich freien Muths die Abwehr lenken,
Müßt' ich in Mitte der Gefahr dich denken?

ryse. Ist mir dieß nicht von Jugend auf gescheh'n,
Seh' ich zum erstenmal ein Schlachtrevier?
So sprachest du in Suli nie zu mir.
O sei nicht hart mit deiner armen Chryse!
Wer will dich pflegen, wenn du wunde bist?
Ich war so stolz dein Weib zu seyn, und soll
Dich nun verlassen, um dem Spiel der Wellen
Mich zu vertrauen, bin ich jetzt dein unwerth?
O laß dich rühren von dem Fleh'n der Gattin,
Laß dich bestimmen von der Mutter Thränen!
Ja stoße mich nicht von dir! Glaubst du wohl,
Ich werde Hellas' Schicksal überleben?
Und nicht der Schmerz den Todesstoß mir geben?

oʒar. Mein theures Weib! du spaltest mir das Herz.
Allein die Liebe zu dem Vaterlande
Ergreift Partei jetzt wider mich und dich.
Sieh, dieser Arm vertheidigt Missolonghi.
Drum schlage du mir nicht noch tiefre Wunden,
Als jemals ich von Feindeshand empfunden.

hryse. Vermagst du meinen Gram denn nicht zu
fassen?
Mit Thränen grüßt' ich jüngst den Heimatboden,
Mit Thränen muß ich wieder ihn verlassen.

Botzar. Sey standhaft, Chryse! in der schweren Prüfung
Dann weine, Frau, wenn Hellas unterliegt.

Chryse. Was fruchten meine Seufzer, meine Klagen,
Muß selbst der Gatte mir den Trost versagen

Botzar. Es helfe mir und dir des Himmels Gnade,
Doch gehe nun, es ist die letzte Frist.
Zieht hin, so lang das Meer noch offen ist.

Chryse. Hinzieh'n zu Menschen, welche ich nicht kenne
Ob sie der armen Mutter sich nicht schämen,
Wenn ich ihr Mitleid muß in Anspruch
nehmen.

Botzar. Mein Name wird dir eine Heimat schaffen.
Nicht Türken — Glaubensbrüder wirst du finden
Die für der Griechen heil'ge Sache eifern.
Geh' hin, der Welt ein Zeuge unsres Un-
glücks!
Verkünde du der ganzen Franghia
Die Leiden der verlassenen Hellenen,
Und Steine wirst zum Mitleid du bewegen.

Chryse. So ist 'mir nicht gegönnt, von Joniens
Verwandten Siebeninseln hinzublicken
Nach den Gestaden, wo mein Gatte kämpft?

Botzar. Willst du das Herz der Inselherrn erweichen
O sie sind grausam wie der Ozean.
Sie würden sammt dem Kinde dich verkaufen
Wenn es ihr Gott, der Eigennutz, erheischt.
Ist nicht Lord Maitland der Befehlshaber
Der Heptarchie, der für Rebellen uns
Erklärt und nach Piratenart behandelt?
Meinst du, daß ihn ein menschliches Gefühl
Für Hellas' Kinder und für dich anwandelt

Kaltblütig hat er jüngst noch das Asyl
Den flücht'gen Akarnaniern versagt,
Und sie den Türken in die Hand gejagt!
Der Fluch von Hellas liegt auf seinem Haupte;
Doch ob der Barbarei erröthet nicht
Der Diplomaten Pergamentgesicht.

hryse. Wo such' ich eine gastfreundliche Stätte?
O sage, wo ich um Barmherzigkeit
Anpochen soll gleich einer Bettlerin.

otzar. Zieh' nach Ankona, wo der Patriarch
Von Rom den Griechen ein Asyl eröffnet,
Er ist es, der die Sache der Hellenen
Am Tage zu Verona hat vertreten,
Wie der Senat von Argos ihn gebeten.
Er hat sich der Chioten angenommen,
Auch du wirst in Ankona unterkommen.
Doch — ist dort deines Bleibens nicht, so folge
Dem Bavaresenkönig Lodovikos,
Der sich den ersten Philhellenen nennt,
Ein biedres Volk, ein schönes Reich beherrscht er.

hryse. Sag', unter welchem Himmelsstriche liegt das?
otzar. Wenn von Ankona du dich nördlich wendest,
Wirst du die Hochgebirge überschreiten,
Wo dann die Flüsse gegen Norden gleiten.
Sie führen dich zur Bavaresen=Hauptstadt
Nach Monachon zum Hause Wittelsbach.
Dort thront ein hohes fürstliches Geschlecht.
Es wird beim Dulden unsres Volkes nicht
Dem Weib des Botzaris die Thüre weisen.

Die Söhne der unglücklichen Hellenen
Ruft der Monarch gleich Kindern seines Volks
Um ihnen Retter in der Noth zu sein,
Er wird auch unsres Sohnes sich erbarmen.
Trittst du zu ihm, den Liebling auf den Arme.

Chryse. Ach! Wittwe bin ich bei des Gatten Leben,
Und Waise mein Demetrius.

Botzar.   Sein Engel
Begleitet ihn, und Gott wird dich behüten.
Und wenn dann ....

Chryse.   O vollende nicht, mein Mark
Du warst mir Bruder, Gatte, Vater, Alles.
Du bist mein letzter Trost auf dieser Welt.
Verlier' ich dich, ich habe Niemand mehr.
Marko, mein Marko! wann seh' ich dich wieder
Vergib, wenn ich voll mütterlicher Angst
Dich flehend bitte: Vater, schone dich!
O hab' Erbarmen mit dir selbst, noch einma
Um dieses Knäbleins willen schone dich.

Botzar. Mein Leben stehet in des Höchsten Hand.
Drum zieh' in Frieden hin mit deinem Sohn
Mein Dimitri! Du wirst ihm Mutter bleibe
Und der dort oben wird ihm Vater sein.
Doch haben wir die Freiheit uns errungen,
Daß kein Osmane mehr mit seinem Fuß
Den heil'gen Boden Griechenlands entweiht,
Wenn von des Krieges Wehen ausgeboren
Der Friede in die Thäler wiederkehrt,
Die Thränen eines ganzen Volkes trocknet:
Dann mögt ihr heimzieh'n in das Land b
                    . Väter,

Dann schwöre, Kind, bei deines Vaters Namen,
Ein treuer Sohn dem Vaterland zu seyn.

Chryse. Du Schmerzenskind, Gefährte meiner Leiden,
Ich seh' in dir des Vaters Ebenbild.

Botzar. Ihr werdet beß're Tage noch erleben.
Mir sagt mein Herz, du wirst den heil'gen
Frühling
Der Heimat wiederseh'n, das Vaterland
Befreit, vielleicht befreit durch meinen Arm.

Die gold'ne Zeit wird wiederkehren, Chryse,
Wo jeder unter seinem Feigenbaum
Im Schooß des Friedens ruhen wird, für sich
Die Heerde weidet, seinen Weinstock pflanzt,
Und für den eignen Herb die Saat bestellt.
Und wenn das Saitenspiel der Lyra wieder
Am Abhang des Olymp ertönt, im Schatten
Des Ölbaums man die Thaten der Hellenen,
Vielleicht auch meine Thaten singen wird:
Dann preise mich als Vorkämpfer des Kreuzes;
Nun aber fleh', daß Gott den Sieg uns schenke
(Kanonendonner)

Chryse. Und dich beschütze.

Botzar. Hörst du, Schuß auf Schuß!
Die Feuerschlünde donnern ihren Gruß.
Der Türke rückt vor Missolongi's Mauern.

Chryse. Welch' herber Abschied im Moment des Kampfes.
Weh' mir, daß ich von dir mich trennen muß.

Botzar. Mich ruft das Vaterland, entlasse mich.
Leb' wohl! mein Weib, und du Demetrius,
Des Himmels Trost und Segen über dich!

Chryse. Leb' wohl, mein Markos, Freude meiner Jugend!

Dem Alter bleibt der thränenreiche Schmerz,
Mich drückt das tiefste Erdenweh darnieder.
O brich entzwei, du armes Mutterherz!

Bozar.   Dort oben, Chryse, sehen wir uns wieder.

Chryse.   Was soll aus mir nun werden?

Bozar.   (küßt sie und ihren Sohn, hebt ihn empor und gibt ihn ihr in die Arme).   Denk' an diesen!

Chryse.   Ich gehe, Vater! (Geht ab.)

Demetr.   (die Hände ausstreckend). Vater! Vater! Vater!

Zweiter Akt.

I. Szene.

Kriegsrath im Zelte des Seraskiers.
Omer Brion, Reschid und Jusuf Pascha.

Omer.   Allah hat sie in unsre Hand gegeben.
Rings aus dem Feld geschlagen hält der Rest
Der Griechen kaum noch Missolongi fest.
Dieß wird uns der Belag'rung überheben.
Umsonst ist ihre Hoffnung auf Entsatz.
Im Sturme nehmen wir den Waffenplatz.

Jusuf.   Die Veste ist blockirt zu See und Land,
Doch leisten sie verzweifelt Widerstand.
Sie liegen sicher hinter ihren Dämmen:
Willst du die Stadt im ersten Anlauf
nehmen?

Reschid. Es wimmelt von Vertheidigern im Innern.
Dieß zeigt der kräft'ge Ausfall in der Nacht,
Der unser Lager in Alarm gebracht.
Welch' Wagniß, ohne Bresche Sturm zu laufen!
Du rühmest dich mit Recht des großen Siegs:

2*

Willst du mit dem Verlust der beßten Hauf
Noch vor dem Ausgang des unsel'gen Krie
Schnell eine Niederlage dir erkaufen?

Omer. Nur Einen kenn' ich, der noch hofft zu strei
Und stets im Kampf mein Widersacher ist,
Der meine Truppen neckt auf allen Seiten
Und immer mir entschlüpft durch seine List.
Doch hier soll Botzaris mir nicht entrinnen.
Er ist im Netz! Laßt uns den Sturm b
            ginnen!

Jusuf. Belag'rung oder Sturm? das ist die Frage,
Doch bleibt die Antwort schwieriger als je.
Blut ist genug geflossen, um als See
Das Becken von Janina auszufüllen,
Und wie bedenklich ist gleichwohl die Lage?

Omer. Mir hat das Glück der Schlacht sich zugewan
Mir hat das Schwert den Weg hieher gebah
Mit Schwert und Feuer will ich sie ausrott
Den Botzaris und seine Sulioten.

Jusuf. Leicht kann das Schiff am letzten Riff z
            schellen,
Das Glück ist unbeständig, wie die Wellen.

Reschib. Dein Angriff erst, Serasker, macht sie einig
Man überlasse diese Bandenführer
Der Zwietracht, und es ist um sie gescheh'n.
Jetzt findet die Verzweiflung der Besiegten
In Missolongi einen neuen Stützpunkt,
Auch blick' ich mit Besorgniß auf die Berge,
Von welchen die Gewitter niedersteigen!
Laß erst ein festes Lager uns bezieh'n,
Laß sich die Türken in den Boden graben,

Um einen Rückzug im Gefecht zu haben.
Dann führe sie zum Sturme immerhin.

Omer. Wer hält mich auf, daß ich im Siegesgang
Bis Tripolitza meinen Weg verfolge?

Reschib. Dieß ist kein Krieg, wie man sonst Kriege
führt,
Aus jeder Ecke bricht der Feind hervor,
In jedem Busche steht er fest postirt,
Vom höchsten Felsen knallt das Feuerrohr.
Ich lobe noch die Schlacht mit ihren Leiden
Vor den Strapazen eines solchen Marsches.

Omer. Vernichten will ich sie mit einem Schlage.

Reschib. Gott gebe deinen Hoffnungen Erfüllung!

Jusuf. Heil dem, der wahrer Leitung folgt, und nicht
Sein Ohr verschließt dem wohlgemeinten Rathe!
Für so viel Anstrengung und Blutarbeit
Will der Spahi auch endlich seinen Sold.
Die Krieger sind seit Monden nicht bezahlt,
Sie murren laut und drohen mit Gewalt.

Omer. Kann ich die Löhnung aus der Erde stampfen?

Jusuf. Die Albanesen zeigen immer Gold
Und haben, was sie brauchen, zur Genüge.
Indeß verschmachten unsre Truppenzüge.

Omer. Was muß ich hören, was sind das für Reden?

Jusuf. Auf Beutemachen ohne Federlesen
Versteh'n sich groß und klein die Albanesen,
Die andern gehen leer am Raube aus.

Omer. Die Albanesen sind der Kern des Heeres,
Der Skypetar ist stets im Kampf voran,
Indeß zurück der Asiate bleibt —
Im Plündern nicht, wohl aber um zu plündern.

Reschib. Nimm dieses Wort zurück, wo jeder Mann
Bis heute seine Schuldigkeit gethan.

Omer. Ich darf auch nicht die Antwort schuldig bleiben.

Reschib. Ein jeder plagt sich für die nächsten Tage
Bis Allah ihm beschieden hat zu sterben.

Omer. Ein jeder will nur nehmen und erwerben,
Und stellt das kaum Gewonnene in Frage.

Jusuf. Wer wird auch noch im Feindeslande borgen?
Die Klephten sind uns immer auf der Spur,
Und lassen uns die nackten Trümmer nur,
Es lebt das ganze Heer von heut' auf morgen.

Omer. In Missolongi holet euren Sturmsold.

Jusuf. Zu oft sind sie mit diesem Wort vertröstet,
Abhilfe liegt in des Seraskers Hand.

Reschib. Die Asiaten weigern den Gehorsam,
Und ihre Treue hält nicht länger Stand.

Jusuf. Euch bringt der Sieg den Zuwachs neuer
Macht,
Doch ist der Krieg zu Ende, wie bevorsteht,
Dann mag die Mannschaft hinzieh'n, wo sie
herkam.
Die Todten vollends fordern keinen Sold.

Omer. Wie! und die Pascha treten dafür ein,
Und führen für die Meuterer das Wort
Im Augenblick, wo ich zum Sturm befehle?

Jusuf. Die Antwort gibt sich ungefragt von selbst.

Omer. Unmöglich, daß in der Entscheidungsstunde
Dem Oberfeldherrn ihr den Beistand weigert
Und die Verlegenheit auf's höchste steigert.
(Jusuf zuckt die Achseln.)
Auch du, mein Reschib, dessen Tochter ich

Als Siegespreis am Tage der Erob'rung
In mein Harem zu nehmen Willens bin?

Reschib. Kommt es allein auf meine Meinung an?
Wie thut mir leid, daß ich's nicht ändern
kann.
Die schöne Braut, sie bleibt euch unbenommen:
Zuleika ist im Lager angekommen.

Omer. Wohlan! so schonet euer Volk, ihr hungert
Das Lager eher als die Festung aus.
Hier ist im Divan nichts mehr auszurichten,
Der nächste Tag wird die Bedenken schlichten.

(Die Pascha verbeugen sich und gehen ab.)

2. Szene.
Monolog.

Omer. Bring mir die Asche des Peloponneses!
So sprach zu mir der Padischah, mein Herr.
Ich gab mein Wort und wähne mich am Ziel:
Da setzt der Aufruhr Alles auf das Spiel.
Verflucht sey dieses meuterische Wesen!
So rebellirt von je der Janitschar
Und heischt den Sold am Tage der Gefahr:
Verlaß ist nur auf meine Albanesen.
Wie ist mir dieß Seraskeramt beschwerlich!
Da spielt jedweder Bey, von Stambul fern,
Trotz dem Vezir den unumschränkten Herrn
Und wird als Nebenbuhler mir gefährlich.
Ich seh', es zieht die Eifersucht der Pascha
Die Unzufriedenheit im Heere groß,
Sonst fiele mir der Kampfpreis in den Schooß.
Doch bleibt mir eine andre Waffe noch.

Hab' ich als Geisel seit Janina's Fall
Des Griechenfeldherrn Bruder nicht verwahrt:
Er ist zur guten Stunde aufgespart.
Schließt Botzaris das Festungsthor mir auf,
Ich gebe ihm den Bruder in den Kauf.

(Auf ein gegebenes Zeichen tritt der Mohr ein, überreicht ein
Tschibuk, und verneigt sich, die Hand an's Herz und zu
Mund und Stirne führend.)

Auf! schaffe mir den jungen Sulioten
Zur Stelle.

Hassan.   Der Befehl ist des Seraskers.   (Ab.)

Omer. Ich will ihn meinem Plane bienstbar machen.
Auf eig'nen Füßen wag' ich noch zu steh'n,
Noch, hoff' ich, wird mein Glück nicht rück-
                                 wärts geh'n,
Den Groll der Pascha darf ich kühn verlachen.

3. Szene.

Christopulos in Ketten (mit Hassan).

Omer. Nimm ihm die Bande ab und stell' ihn frei!
                                 (Hassan ab.)
Kennst du mich noch?

Christop.   Mein gnädiger Vezir!

Omer. Und ahnest du, baß du zur guten Stunde
Jetzt vor den Augen des Gebieters stehst?
Ich bin bereit, die Freiheit dir zu schenken,
Wenn du dieselbe liebgewinnen willst.

Christop. So hat des Flehens meiner Jugend dich
Erbarmt, hat Gott dein Herz gerührt, Serasker,
Ein langes Unrecht endlich gut zu machen,
Daß ich zur Unterwerfung meiner Brüder
Als Geisel hier zurückbehalten bin?

m e r. Du bist der Bruder Markos Botzaris'!
Wer kennt ihn nicht? Bethöret war't ihr
Griechen
Nur allzulang, mir Widerstand zu leisten,
Vergebens, wie du siehst, ist all ihr Hoffen,
Ein Heil auf blut'gem Wege zu erringen.
Die Niederlage hat sie hart betroffen.
Doch wünsche ich den Säbel meiner Macht
Nicht über Leichenhügeln nur zu schwingen.
Ich will die Opfer der Verblendung schonen
Und alle Waffen sollen fortan ruh'n,
Daß sie im Frieden dieses Land bewohnen.
Du selber magst hiebei dein Beßtes thun.

Christop. So gnädig lauten deine Worte heut',
Daß ich bedenklich bin, worauf sie zielen.
Du spottest meiner Unerfahrenheit,
O wolle nicht mit deiner Beute spielen!
Ich bin der Sohn des Christos Botzaris,
Der Ali Pascha von Janina schreckte.
Tauch' immer deine Hand in Christenblut,
Nur muthe deinem Diener keine Schmach zu.

Omer. Begreife recht: die Griechen sind vollständig
Geschlagen, ihre Lage rettungslos.
Doch liebe ich die tapfern Sulioten
Und hätte ihnen Amnestie entboten.
Dein Bruder wird gewiß des Kampfes satt
Mit off'nen Armen dir entgegen eilen,
Bestimmen magst du ihn mit wenig Zeilen.
Die Freiheit soll dir werden auf die That.

Christop. Die Sehnsucht nach dem Tage der Erlösung
Aus langer Haft will fast das Herz mir sprengen.

Wohl mir, wenn sich dein Herz erweichen l.
Doch setze meiner Brüder Sklaverei
Nicht als den Preis für meine Freiheit fest.

Omer. Was zauderst du, wie magst du dich bedenk
Wenn ich euch Allen will die Freiheit schenk
Mach' dir in kurzer Frist dein Glück zu eig
Indeß ich geh', den Truppen mich zu zeigen
Hassan, der Mohr, wird draußen Wache steh
Daß Niemand diese Schwelle überschreite,
Bis wieder du mein Angesicht geseh'n. (Ab.)

Christop. Wie rückst du abermals in weite Ferne,
Ersehnte Freiheit! Säh' ich doch so gerne
Euch, meine Theuren, einmal noch im Lebe
Ach meines Schicksals, meiner jungen Tage
Wie früh verging des Lebens Morgenroth!
O Markos Botzaris, daß ich es klage,
Mir bringt dein Heldenmuth den bitt'ren T

4. Szene.

Zuleika tritt von der Seite ein, entschleiert sich.

Zuleika. Aus seinem Zelt ging eben der Vezir,
Wie soll ich freier aufzuathmen säumen?
Doch ist es sicher auch in diesen Räumen?
Ich hörte eine Frauenstimme hier.

Christop. *(kreuzt die Arme über die Brust).* Ich bin verwir
und steh' beschämt vor dir,
Du edle Paschatochter, neige heute
Dein Auge mitleidsvoll herab zu mir.

Zuleika. Du bist es, Grieche? und wie kömmst du hieher
Stehst du wohl gar in des Seraskers Dienst

Christop. Nein, nur als Geisel schleppt er mich mit sich

uleika.   Komm' ich doch selbst mir als Gesang'ne vor,
          Stets hinter Riegel, Schloß und Gitterthor,
          Mir ist die Welt so fremd, wie dir im Kerker.
          Ist es denn Wirklichkeit und nicht ein Traum?
          Wie mir zu Muthe ist, ich weiß es kaum,
          Da ich dich wiedersehe wächterlos,
          Wie zu Janina auf dem Inselschloß.

Christop. Bist du des Augenblicks noch eingedenk,
          Wo ich aus den Gewölben Ali Pascha's
          Nach langer Haft an's Tageslicht gelangte?
          So folgst auch du, o Herrin, dem Vezir?

Zuleika. Vielmehr als Sklavin führt der eigne Vater
          Mich nach.   Du kennst den Pascha der Morea,
          Der mich für sich begehrt?

Christop.   Wie, Omer Pascha?

Zuleika. Gott schütze mich vor diesem Wütherich!
          Ich muß ihm gram seyn, schon weil er an dir
          So schlimm gehandelt hat.   Doch wirst du frei?

Christop. Ich kehre lebend wieder in mein Grab.

Zuleika. Du Armer! glaube nur, daß mir dein Schicksal
          Recht tief zu Herzen geht.   Wie ist dein Name?

Christop. Christopulos.

Zuleika.   Nicht wahr, und Eine Mutter
          Hat dich und Markos Botzaris geboren?
          Das ist dein Unglück, weil er unser Feind ist.
          Wie schmerzt es mich, zu denken, was aus dir
          Soll werden, Christ, von mir gar nicht zu reden.
          Wär' ich nicht Moslema, ich dürfte Mitleid
          Und wohl noch wärmere Empfindung hegen.

Christop. Groß ist die Scheidemauer zwischen uns,
          Und doch macht deine Nähe mich so glücklich.

Zuleika. Ich folge zwar dem Glauben des Propheten,
Doch meine Mutter — sie ist lange todt,
War eine Christin aus Antiochia.
Es ist, wo Türken über Christen herrschen,
Schon noth, daß man des Unterschieds vergesse,
Wenn deine Jugend dieß zu thun vermöchte,
Dann würden deine Fesseln sich bald lösen.

Christop. Was meinest du?

Zuleika.   Zuleika nenne mich!

Christop. Zuleika, welche Fesseln meinest du?

Zuleika. Hast du denn nie gehört, wie oft ein Franke
Im Reich des Islam schon sein Glück gemacht,
Nachdem er erst ein Gläubiger geworden?
Wie er zum Bey, zum Kaimakam, ja selbst
Zum Pascha sich emporgeschwungen hat!

Christop. Was soll das mir, dem armen Sulioten?
Ich wäre wohl der erste meines Volks,
Der sich des Glaubens seiner Väter schämte.
Es leuchtet mir in Banden und Gefängniß
Als hehres Vorbild mein Erlöser vor:
Doch welchen Trost kann Mohamet mir bieten?

Zuleika. Christopulos! ich kann dir nichts erwiedern.
Wär' ich, gleich meiner Mutter, deines Glau-
                                        bens,
Vielleicht daß ich mich darin glücklich fühlte.

Christop. Soll ich vergessen, daß die Christenliebe
Mir theure Eltern und Geschwister gab,
Die selig an mir hingen bis an's Grab?
Sag' an, was mir als Sohn des Islams bliebe?

Zuleika. Vor Gram ist meine Mutter mir gestorben.
Ihr Gatte hat der Frauen viel' erworben,

Doch konnten sie sich nimmermehr versöhnen,
Auch durften ihre Kinder mich verhöhnen;
Nicht Bruder, Schwester fand ich, und mein Vater
Hat mich wie eine Sklavin jetzt verkauft;
Ihr habt es besser, die ihr seyd getauft.

:istop. Zuleika, sprich, bei deiner Mutter Geist,
Was hast du Gutes noch von ihr vernommen?

leika. Ja, Eines macht den Christen mich gewogen:
Die Frauen werden edel auferzogen.

Doch wir sind Kinder, müssen Kinder bleiben,
Die nie der Hut und Aufsicht ledig geh'n:
Die seelenlos erzogen Spiele treiben
Im Frau'ngemach, wo den Verschluß des Erkers
Kaum noch das Sonnenauge frei durchbringt,
In einer düstren Haft gleich der des Kerkers
Zeitlebens dem gebieterischen Mann
Und seinem finst'ren Wächter unterthan,
Den nie ein Schmerz, nie eine Thräne rührt —
O denke dir dieß namenlose Wehe,
Dem auf Zeitlebens ich entgegensehe.

Wie gerne wollt' ich mit dir Fesseln tragen,
Könnt' ich erzwung'ner Eh'haft mich entschlagen.
Die Freiheit selbst erkauft' ich freudig dir,
Wär' ich nicht selber Eigenthum und Sache,
Und fürchtete ich nicht die blut'ge Rache.
O daß du Mitleid fühltest auch mit mir!

hristop. Mir wird die gold'ne Freiheit nicht mehr tagen,
Es bricht herein ein frühes Abendroth.
Zuleika, denke meiner, bin ich todt!

Zuleika. Du sprichst vom nahen Tode schon mit mir:
Sag' an, was kann ich thun, wie helf' ich dir?

Gewiß! ich könnte Alles für dich wagen.
Nur du willst nicht nach meinem Sch⸺
             fragen.
Doch wie vergesse ich mich Angesichts
Des Christen! Meine Leiden sind dir nich⸺
Darfst du kein Wort zu meinem Herzen sag⸺
Du machst mich zittern für dein junges Le⸺
Betracht' ich dich, so möcht' ich Christin se⸺

Christop. Es muß noch höh're Gründe für dich gebe⸺

Zuleika. So wäre mein Gefühl nicht tugendrein?

Christop. Nimm dieses Kreuz; aus meiner Mutter H⸺
War es mir stets ein theures Unterpfand,
An meinem Halse hab' ich es getragen.
Vielleicht hat dieses Herz bald ausgeschlage⸺
Ich richte meine Blicke himmelwärts.

Zuleika. Mir dieß Kleinod? welch' wunderbaren Rei⸺
Behält für mich dein Talisman, das Kreuz⸺
Gott möge rühren unsrer Feinde Herz.
Doch wie es hier dem armen Griechen schl⸺
Wird niemals deiner Feinde Herz bewegt.
Unübersteiglich dacht' ich eben mir
Die Kluft des Glaubens zwischen mir und ⸺
Ach, wie es jetzt mich innerlich ergreift,
Vor Rührung mir die Zähre überläuft.
Darf ich dir nicht in's traute Auge seh'n?

Christop. Kaum bin ich länger meiner Sinne mächti⸺
Es ist um meine Fassung fast gescheh'n. (⸺
            ihre Hand.)

Zuleika. (halblaut und zärtlich). Christopulos, wer sagt, ⸺
            mir beschieden?
Seh' ich dich heut' zum letztenmal hieniede⸺

riſtop. So lange mir noch ſtrahlt des Himmels Licht
Vergeß ich beiner, o Zuleika, nicht.

leika. Ich glaubte meinen Vater hier zu finden,
Da muß bein Anblick mir das Herz entzünden.
Der Mutterliebe denk' ich noch ſo zart,
Doch beine Liebe iſt von anb'rer Art.

riſtop. Im Herzen nimmſt bu ein ber Schweſter Platz,
Für höh're Liebe einzig mein Erſatz.

uleika. Zeitlebens muß ich bitter um bich weinen,
O könnte beibe uns ber Tod vereinen!
Haſt bu mir nicht ein Wörtchen aufzutragen?

hriſtop. Von Feſſel löſen ſpracheſt bu zu mir,
Sag' an, wer löſet bieſe Bande hier?
Willſt bu ben Schritt für meine Rettung wagen?

uleika. Mein Wunsch erwacht, mit bir vereint zu flieh'n.
Die Nacht vielleicht begünſtigt mein Bemüh'n.
O führte heute noch auf ſich'rem Pfade
Dich meine Hanb an's rettenbe Geſtabe.

Chriſtop. So bleibt im Leben noch ein Heil zu hoffen?
So übrigt für mich noch ein Weg zur Flucht,
Den ich nicht längſt vergeblich hab' geſucht:
Wo ſteht mir eine Rettungsthüre offen?

Zuleika. Vergib bie Worte wiber Frauenſitte.
Kein Menſch errathe, baß mit bir ich ſprach.
Mich bünkt, ich höre nahe Männertritte.
Die Sehnſucht bleibt in meinem Herzen wach.

(Verſchleiert ſich, ab.)

Chriſtop. Leb' wohl! vielleicht auf Nimmerwieberſehen.
Der Wille Gottes ſoll mit uns geſchehen.
Mit Wehmuth blick' ich bir, Zuleika, nach.

5. Szene.
Omer.

Omer.   Der Lärm der Krieger, die vom Euphratstrand
           Von Bagdad's Kuppeln, als der „Stadt des
                     Sieges",
           Bis Belgrad, zu dem „Thor des heil'gen Krieges"
           Der Padischah aus seinem Reich gesandt,
           Die auf mein Wort die Ordnung erst gewinnen
           Betäubt mein Ohr und ließ mich fast vergessen
           Daß du zum Werk des Friedens unterdessen,
           Mein Sohn, mich unwillkürlich hast bestimmt.
           Wenn Markos Botzaris durch dich vernimmt,
           Daß ich die Freiheit dir, und freien Abzug
           Ihm und den Seinen gern gewähren will,
           Falls sie die Stadt in Güte übergeben,
           Und mich des blut'gen Sturmes überheben.
           Als Dolmetsch trittst du dann in meinen Dienst.
           Wo nicht, so lasse alle Hoffnung fahren.

Christop. Dein letztes Wort erfüllet mich mit Grau'n
           Und läßt mich trostlos in die Zukunft schau'n
           Doch spare deine Worte meinetwegen,
           Nie wirst du einen Botzaris vermögen
           Sein Heil vor dem des Vaterlands zu suchen.
           Wie würden meine Brüder mich verfluchen!

Omer.   Ein doppelt Loos leg' ich in deine Hand:
           Tod oder Freiheit, wähle mit Verstand.
           Aus eig'nem Antrieb solltest du die Blume
           Der Dankbarkeit an's Herz dir pflanzen, mein' ich.

Christop. Was soll mein Leben, wird es nicht zur Qual,
           Wenn es der Feind als Unterpfand besitzt?

Wird mir zu sterben da noch schwer die Wahl,
Wo leben nur dem Widersacher nützt?
Gib mir den Tod und laß mich nicht zur Pein
Für meine Brüder mehr am Leben seyn.

Omer. Willst du gehorchen, Sklavensohn?

Christop.   Vezir!
Durch Wortbruch hast du mich in deiner Hand,
Und nun Gewalt zwar über meinen Leib,
Doch frei ist meine Seele trotz der Bande.
Kein Sklavensohn, ein Heldenkind steht vor dir;
Ein Jüngling bin ich noch, doch tret' ich dir
Als Christ und als Hellene gegenüber.

Omer. Errege nicht den Zorn in meiner Brust.
Noch Keiner hat mir ungestraft getrotzt.

Christop. Erschöpfe dich in Drohungen, Tyrann!
Hast du damit dem Recht genuggethan?

Omer. Beug' deinen Sinn, sonst ist's um dich gescheh'n.

Christop. Ist dieß dein letztes Wort, so laß mich geh'n.

Omer. Gewinnest du so lieb der Fesseln Druck,
So trage länger deinen Eisenschmuck.
Hassan! (erscheint) leg' ihm die Ketten wieder an,
Führ' ihn zurück und schärfe seine Haft.

Hassan. Gebiete Herr, dein Wille steht in Kraft.

Omer. Wozu mein Zorn! So wenig Wasser den
Im Kieselstein verborg'nen Funken löscht,
Nützt hier ein Wort. In seinem Ohre schläft
Die Rede seiner Mutter, die schon mit
Der Milch den Türkenhaß in's Herz ihm flößte.
Von Kindheit auf ist ihr Rebellensinn
Erstarkt, und nicht so bald ihr Trotz zu brechen.
Was nützen all' die glänzenden Versprechen?

Nur mit dem Säbel läßt sich fürberhin
Das Regiment im Land der Griechen führen
Ich will sie künftig schon darnach regieren.
Das Schwert darf nicht in meiner Scheide reste
Sie sollen einen Zwingherrn an mir haben ...
Wenn ich erst Pascha von Morea bin.

Hagos Vessiaris (tritt ein). Es harret draußen an t
       Zeltes Pfosten
Ein Europäer, der sich melden läßt:
Nennt sich John Bull und landet von Corfu

Omer. Er sei willkommen mir, laß ihn herein.
Sollt' es von Prevesa der Consul seyn?

6. Szene.
John Bull.

J. Bull. Im Namen seines hohen Cabinets
Läßt euch Sir Maitland, Seine Gnaden der
Lord Obercommissär der sieben Inseln,
Vor Allem Glück zum neuen Siege wünschen.
All' seine Sympathien sind für euch.

Omer. Ich dank' ihm gerne mit Verbindlichkeit.
Er unterstützt mich oft mit seinem Rath,
Wie er zu Zeiten Ali Pascha's that.
Ihr aber seyd mit Auszeichnung empfangen.
Doch sprecht, was hat er weiter euch vertraut

J. Bull. Ich bin es, der euch gern zu Diensten steht,
Dem ersten Manne im Osmanenreiche,
Von dem der Ruf durch alle Lande geht.

Omer. Im Dienst des Sultans ist mein Bart ergraut,
Ihm weiht' ich meinen Säbel. Möge Allah
Die Stützen seines Thrones aufrecht halten!

In mancher Schlacht hab' ich mein Roß getummelt,
Seit in Arabiens ungeheuren Wüsten
Der fürchterliche Kampf= und Racheschrei
Der Wechabiten mir in's Ohr gedrungen,
Ist dieser Waffenlärm nicht mehr verklungen.
Sie nennen mich die Geißel dieses Volkes,
Weil ich mit kräft'gem Arm dem letzten Häuptling
Der Griechen das Rebellenschwert entwinde.
Auch Missolongi wird unfehlbar fallen.
Dann ist mein Ziel erreicht, um ihren Nacken
Die Kette der Eroberung zu werfen.
Mein Schwert erobert und mein Schwert be=
    herrscht sie.

Bull. Mög' auf das Schwert sich stützen der Vertrag.
Des Baumes schont, wer Früchte pflücken will.
Dem Feinde eine Brücke bau'n zur Flucht,
Eh' ihr die äußerste Gewalt versucht,
Dieß ist der Rath des hohen Gouverneurs,
Der mich dieß Wort zu führen hat beehrt.

mer. Sprecht! des Gesandten harret kein Verderben,
Er richtet nur den Auftrag seines Herrn aus.

Bull. Er bietet seine Intervention an,
Das irrgeleitete Hellenenvolk
Zurückzuführen zu der alten Herrschaft.

mer. Nur allzu milde waren sie regiert,
Sonst hätten sie nicht keck das Haupt erhoben.
Das Schwert ist der vollgiltige Beweis
Des Rechts für die zur Sklaverei Gebornen.
Den Kalpak sollten sie mit Köpfen zahlen.
Nicht rasten will ich, bis die Rajamütze
Ich ihnen wieder über's Ohr gezogen,

3 *

Bis sie den Staub von meinen Sohlen küssen
Und zähneknirschend von des Sultans Gnade
Das Brod der Unterthänigkeit genießen.

J. Bull. Das letzte Ziel ist leichter zu erringen
Durch Unterhandlung, als durch Kampf und Blut.
Schont eurer Krieger ungestümen Muth,
Ihr werdet Missolongi leicht bezwingen.

Omer. Der Sieger hat Gesetze vorzuschreiben.

J. Bull. Es kann nicht bei dem Blutvergießen bleiben.
Ihr braucht nicht einen hitz'gen Sturm zu wagen,
Wenn ihr zum Unterhandeln seyd geneigt.

Omer. Bis zur Vernichtung hab' ich sie geschlagen,
Und doch hat sich ihr Trotz noch nicht gebeugt.

J. Bull. Der Rath der Cabinete lenkt die Schritte
Der hohen Pforte, um die Wiederkehr
Zu Treu und Pflicht den Griechen zu erleichtern.
Bereits ist durch Varnakiotis' Hand
Verbindung in der Festung angeknüpft:
Die Häuptlinge sind unter sich getheilt.

Omer. Ihr seyd in euren Wünschen übereilt.

J. Bull. Varnakiotis kann euch Auskunft geben,
Wie weit die Kapitäne sind gewillt
Das Segel ihrer Hoffnung einzuzieh'n.
Er wird nicht fern von dem Gezelte seyn.

Omer. So mög' er kommen, führet ihn herein.

(John Bull ab.)

Folg' deinem Glück, so lang die Schwerter
rauchen!
In diesem Grundsatz suche ich mein Heil.
Doch ist auch gut der andere zu brauchen:
„Den stärksten Eichstamm spalte mit dem Keil.‟

Zwar findet niemals in den Adern Ruhe
Das zum Verströmen vorbestimmte Blut,
Und wer Vermittlern trauet, thut nicht gut.
Doch hab' ich denn die Wahl noch, was ich thue?
Wo sich das Schwert gar oft umsonst bemüht,
Erringt der Diplomat sich seine Kronen,
Der doppelzüngig stets zu Felde zieht, —
Ein Federstrich zerstückelt Nationen.

7. Szene.

Hagos Bessiaris, Barnaliotis und John Bull.

rnak. Ich beuge mich in Staub vor dir, Seraster.
Gott mehre so die Jahre deines Alters,
Wie sich die Tage deines Ruhmes mehren!

mer. Kennst du die Häuptlinge der Griechen, die
Vernunft annehmen und gleich dir bereit sind
Von der Empörung abzusteh'n, wenn ich
Vergebung ihnen biete und erlaube,
Die Schwelle meiner Gnade zu betreten.

arnak. Vergönnt das Wort, erhabener Vezir!
Zehntausend Tode will ich sterben, wenn
Nicht Makrys, der es mit Plaputas hält,
Den Kopf des Botzaris euch überliefert,
Sobald ihr günstige Bedingung stellt.
Dasselbe gilt von Odysseus und Guras.

Imer. Viel ist, was du versicherst und versprichst,
Soferne du dich nicht versprochen hast.

Barnak. Die Niederlage hat sie so ernüchtert,
Daß Viele bald nur mehr ein böser Traum
Der Freiheitsschwindel dünkt, ihr glaubt es kaum!
Doch selbst die Muthigsten sind eingeschüchtert.

Omer.   Ich weiß nicht, was sie mit der Freiheit wollen
         Die nur bezweckt, daß sie voll Eifersucht
         Sich selbst zerreißen und zerfleischen sollen!
Varnak. Was ist's mit diesem Lämmerhirten auch,
         Dem Markos Botzaris, ihn mein' ich. Liegt nicht
         Die Stärke in der Schnelle seiner Füße,
         Und seine Tapferkeit im eil'gen Rückzug?
Omer.   Schmäh' deinen Feind nicht, der du selbst ein
                                    Grieche.
         Den Gegner achten spart oft spät're Reue.
         Ich kenne Botzaris, er gleicht dem Reh
         Im Lauf, doch tapfer, wie der Wüstenlöwe,
         Ist er ein würd'ger Gegner meines Schwerts.
         Was groß an ihm ist, will ich nicht verkleinern;
         Und was man selbst am Gegner rühmt, muß
                                    wahr seyn.
         Viel Feinde haben ist weit rühmlicher
         Und besser stets, als falschen Freunden trauen.
         Wie zahlreich, sagst du, ist der ganze Haufen?
Varnak. Dreitausend, Herr, entrannen aus der Schlacht.
         Doch sind sie dieses Klephtenlebens müde
         Und werden sich ergeben, sicherst du
         Vergessenheit all des Vergang'nen zu.
Omer.   In Hellas' Bank legt ihr die Worte an,
         Ich gebe Zins und Kapital verloren.
         Was meinet ihr?
J. Bull.   Ich glaub' an den Erfolg.
         Auch sind sie durch Berichte arg getäuscht.
Omer.   Den Botzaris entwaffnet mir doch Keiner.
Hagos.   Der Löwe selbst läßt sich am Faden binden.
J. Bull. Glaubt mir, der Abfall ist ein allgemeiner.

Seid unbesorgt, die Sache wird sich finden,
Wenn anders ihr Vertrauen mir bezeugt.
Ihr nehmt die Festung ohne Schwertschlag ein.

Omer. Der beßte Schlüssel ist das Schwert allein.

Varnak. Mein Leben möchte ich zum Pfande setzen,
Eh' sich die Sonne dreimal abwärts neigt,
Zieht siegreich ihr in Missolongi ein.
Wie glücklich darf sich euer Diener schätzen,
Kann er dabei euch ganz zu Willen seyn.

Omer. Genug für heut', auf morgen die Geschäfte *).

(Verbeugt sich gegen Varnakiotis; dieser geht ab.)

J. Bull. Ich selber will die Unterhandlung leiten,
Ein glänzender Erfolg wird sie begleiten.

Omer. Macht den Versuch, wenn ihr so sicher seyd,
Eh' sie von der Bestürzung sich erholen.
Sie sollen, wenn sie ungesäumt die Schlüssel
Der Stadt und Festung mir zu Füßen legen,
Abzieh'n mit Wehr und Waffen. Sucht vor
                                        Allem
Die Kapitäne gegen Botzaris
Zu stimmen, sowie er sich widersetzt.
Ihn selber weich zu machen, hab' ich jetzt
Ein Mittel in der Hand, des Bruders Leben.
Droht ihm damit — er wird sich dann ergeben.
Nun geht! Das Glück begleite eure Schritte.
Im Bunde steht der Türke und der Britte.

J. Bull. Ich lege mich voll Ehrfurcht euch zu Füßen.
Laßt mich schon heute als Vezir euch grüßen.

(Beide ab.)

---

*) Eltschije sewal jokdur.

8. Szene.

Versammlung der Kapitäne in Missolongi.

Maurokordatos, Bozaris, Karaiskaki, Tzavellas treten
und blicken aufmerksam in die Weite.

Bozar. Von Pleuron bis zum Fluß Evenos deckt
Die ganze Eb'ne eine Stadt von Zelten.
Sie scheinen heute keinen Sturm zu wagen.

Karaisk. Dein Überfall hat sie vom Schlaf erweckt.
Wir mögen wohl für zehnmal stärker gelten.

Tzav. Folgt nicht in wenig Tagen der Entsatz:
Beim ersten Angriff, fürcht' ich, fällt der Pla

Bozar. Ich will mich der Besorgniß nicht entschlage
Die Grabesstille geht dem Sturm voran.
Trau' nicht dem Hunde, der zu schlafen sche

(Zu den mit dem Fernrohr beschäftigten Kapitänen.)

Dort drüben liegt das Lager der Arnauten.
Der Roßschweif steckt vor des Seraskers Zelt
Er selber trägt zur Löwenhaut den Fuchsschwe
Rechts gegenüber bei Hypochori
Ist Reschids Asiatenheer gelagert,
Raubwölfen gleich auf Beute angewiesen.
In ihrem Rücken sammelt Constantin
Die Bergbewohner auf dem Arakynthos,
Und bietet ihnen manchen Waffengruß.

(Trompetenstoß hinter der Szene.)

Maurok. Es naht ein türkischer Parlamentär,
Schon steckt die weiße Fahne auf den Zinna

Bozar. Die Schwalben fliegen niedrig vor dem Rege
Er bringt die Aufforderung zur Übergabe,
Und weigert ihr's, so droht er fürchterlich
Das Kind im Mutterleibe nicht zu schonen.

Zum Glücke sind die Frauen alle fort,
Und wir und unsre Krieger sind nicht bange.

Maurok. (durch's Fenster blickend). Wie geht das zu? es ist
ein Franke, seh' ich.

Caraisk. Ein Zwischenträger der Diplomatie.
Fluch all' den levantinischen Kreolen!

Botzar. Der Mann wird sicher ein Inglese seyn.
Gott hat sie uns zu peinigen verdammt,
Schon Suli zu verderben war ihr Amt.
Ruft schnell die andern Häuptlinge herein:
Wir wollen uns im Kleinen hier verstärken.
Daß keiner unsre Schwäche lasse merken!

9. Szene.

Karaiskaki winkt. Malryd, Zongas, Blachopulos, Athanasios Tuzzas, Belezes, Bessis, Georgaki, Rizos treten ein.
Von der andern Seite:

(Meldung) Ein Unterhändler!

Botzar.   Er sei uns willkommen.
(John Bull tritt ein.)

Die Binde von den Augen abgenommen!
Ihr seht erstaunt in unserm Kreis euch um,
Macht euch die krieg'rische Umgebung stumm?
Nun denn (gegen die eingetretenen Häuptlinge gewendet)
so geht! vernehmet den Rapport:
Dreitausend Mann besetzen noch das Fort;
Zweitausend rücken nach dem äußern Graben,
Damit die vordern Truppen Ruhe haben.
Grüßt mir die Kapitäne allzumal.
(Dieselben „Kapitäne" treten wieder ab.)
Nun bringet eure Botschaft an den Mann;
Gut, wenn ich euch in etwas dienen kann.

J. Bull. Ihr seht in mir den Dolmetsch und Garante
Der freundlichen Gesinnung Omer Pascha's.
In Wahrheit! euer Heldenmuth gewährt
Ihm selbst die größte Satisfaktion.
Ihr habt ein bleibend Denkmal euch gesetzt,
Nur euer Mißgeschick beklag' ich jetzt.
Die Achtung, die dem Tapferen gebührt,
Das Unglück, welches selbst am Feinde rührt,
Hat auch den Zorn des Großsultan entwaffnet.
Entsetzlich wäre der Gedanke, euch,
Die Enkel eines weltberühmten Volkes,
Des Siegers Rache ausgesetzt zu seh'n.

Botzar. Nicht immer krönt das Glück den Tapfersten.
Indeß die Wagschaale des Sieges ruht
In Gottes Hand, er wird's zum Beßten wenden.
Vielleicht will er uns euch als Retter senden.
Auf unserm Haupt liegt nicht das viele Blut.
Mit unsern Feinden werden wir wohl fertig,
Nur sind wir all der Freunde noch gewärtig.
Doch wollet euren Vortrag erst vollenden.

J. Bull. Ihr anerkennt die Größe der Gefahr.
Drum bei der Wichtigkeit des Augenblicks —
Sie abzuwenden, rath' ich zum Vergleich.
Als Friedensherold tret' ich unter euch.
Es bietet unter Englands Garantie
Ruhmvollen Abzug euch Omer Brion
Mit sammt der Mannschaft, Waffen und Gepäck.

Botzar. Der Dränger von Epirus bietet viel,
Doch denke ich, er ist wohl noch der Alte,
Vergeßlich, daß er sein Versprechen halte.
So kam er ja bei Suli an sein Ziel.

Wer fordert, muß auch Macht zu nehmen haben.
Eh' ich die Festung übergebe, will
Ich unter ihren Trümmern mich begraben.

J. Bull. Werft mir nicht selbst den Fehdehandschuh hin;
Verscherzet nicht das Mitgefühl der Mächte.
Laßt nicht mein Wort noch Schiffbruch leiden
jetzt,
Wo sich, ihr seht, ein ungeheures Heer
Nach Missolongi in Bewegung setzt.

Karaisk. Wir fürchten, daß dieß Heer noch vor der Veste
Die Luft mit seinen Leichnamen verpeste,
Den Pascha's, wie uns Griechen zum Verdruß.
Wir haben Brod und Wein im Überfluß,
Nur nicht genug, die Gräben auszufüllen,
Es fänden, wider Mohamet's Verbot,
Die Türken sonst im Weine ihren Tod.

J. Bull. Setzt eure Tapferkeit nicht so in Athem!

Botzar. Ich selbst versteh' mich schlecht auf's Wortgefecht.
Und liebe mehr die schlagenden Beweise.
Aus falscher Tonart singt sich's niemals recht,
Auch fährt man schlimm auf zweierlei Geleise.

Karaisk. Dieß alles geht mir wider die Natur.
Die gleißnerische Rede haß ich nur,
Die wie der Zahn im Mund der Klapper=
schlange
Das Gift verbirgt. Gesteh', wie viel bezahlt
Dir Omer Pascha, wenn du uns betrügst?

J. Bull. Mein Ohr ist stumpf für eurer Worte Pfeil.
O schwere Bürde des Vermittleramtes,
Wobei der beßte Freund noch Vorwurf ärntet.

Botzar. Dank der Vermittlung hoher Cabinete,

Die uns dem Säbelregiment der Pforte
Zu überliefern so getreu bemüht sind.
Doch nehmt dies Wort aus meinem Munde
           wahr:
Der Halbmond und das Kreuz sind unverträglich.
Wie Öl und Wasser blieb sich der Hellene
Und Türke fremd, kein Band ist zwischen beiden.
Der Riß ist nun gescheh'n, und kein Vergleich
Wird diesen Kampf auf Tod und Leben schlichten.
Dieß mögt ihr eurem Herrn getrost berichten.

J. Bull. Unüberlegter Brausemuth der Jugend,
Verzweiflungsvolle Pallikarenrede,
Die immer ihr von Krieg und Schlachten
          träumt,
Und drum den letzten Augenblick versäumt,
Zu enden diese unglückel'ge Fehde.
Was stoßt ihr mich zurück mit That und
          Wort,   .
Und schmähet den, der als Vermittler kam,
Das Friedenswerk zu stiften hier und dort
Die undankbare Mühe übernahm! —
So höret nun, was Omer Pascha spricht:
Von Botzaris hab' ich ein Unterpfand,
Sein eigner Bruder fällt durch meine Hand,
Wenn binnen breier Tage letzter Frist
Die Festung nicht in meinen Händen ist.

Botzar. Mein armer Bruder! und Omer Brion
Schickt diese Botschaft mir?

J. Bull.   Der Kopf des Bruders
Bürgt ihm für die Kapitulation.

Tzav. Das Blut des Edlen adelt das Schaffot.

Sie würden, hätt' es weiter kein Bewenden,
(zu Bozaris) Noch heute beinen Kopf nach Stambul
senden.

J. Bull. Wie leid thut mir, baß ich es sagen muß.
Sein Schicksal ist an das der Stabt gekettet.
Drum wählt, was ihn, sowie euch Alle rettet.
Und achtet bennoch ihr der Mahnung nicht,
So schüttle ich ben Staub von meinen Füßen.
Ihr selber habt den Friedensbrief zerrissen.

Jotzar. Großmuth ist nicht zu hoffen von Barbaren,
Wer rechnet auch auf ihre Menschlichkeit?
Sie morbeten ben Vater mir vor Jahren,
Und töbten meinen Bruder ohne Scham,
Der als ein Kind in ihre Hänbe kam:
Sie werden schonungslos mit ihm verfahren.

J. Bull. Ich wasche meine Hänbe rein von Blut.
Ihr reizet selbst bes Pascha Übermuth,
Und stürzet eurer Mutter Sohn in's Grab,
Lehnt ihr sein Anerbieten trotzig ab.
Stünb' es in meiner Hand, so wie in eurer,
O glaubt mir auf mein Ehrenwort...

Bozar. Ich glaube
Der Drohung der verbrecherischen That,
Und baß die Ehre keinen Theil bran hat.
Doch wenn der Pascha ihm bas Urtheil spricht:
Ich opf're, Vaterland, ihn bir zu lieb!
Wer zählt die Thränen, die um bich geflossen,
Die Tropfen Bluts, bie man auf bir vergossen?
Mein Geist ist klar, nur Trauer macht mich
trüb.
Vergebt mir, wenn ich weich unb schwach erscheine,

Doch laßt mein Auge sich in Thränen baden,
Die süß und edel wie das Herzblut sind.

Karaisk. Wir haben hier die Rolle ausgespielt.
Im Diplomatenkreis bin ich kein Held.
Mich macht der Zorn ob der Verhandlung
wild,
Doch du bist von gerechtem Gram erfüllt:
Komm', laß uns gehen, räumen wir das Feld. (ab.)

Maurok. Der Schmerz hat ihm so Muth wie Kraft ge-
lähmt,
Wohl dem, der solcher Thränen sich nicht schämt.
Es ist an uns, in's Mittel hier zu treten.

J. Bull. Seht ihr, im Freiheitsschwindel eingewiegt,
Denn nicht, für wen der Sieg der Waffen
spricht
Und bebt nicht vor der drohenden Entscheidung?—
Ich habe meiner Zunge Kraft erschöpft.

Maurok. Ihr habt doch nicht das letzte Wort gesprochen?
In solcher Lage zeigt sich erst der Mann,
Bleibt uns mit eurem Rathe zugethan.
Die Unterhandlung sei nicht abgebrochen.
Der Krieg ist ein gefährlich Würfelspiel,
O setzt dem Kampf, der nur die Kluft er-
weitert,
Durch Zwischenkunft ein ehrenvolles Ziel,
Bevor das Unternehmen grausam scheitert.

J. Bull. Nur allzu lang hat dieser Kampf gewährt.
Wollt ihr zur letzten Frist Gehör mir schenken,
Ich rathe euer Beßtes zu bedenken,
Damit das Schwert sofort zur Scheide kehrt.

Maurok. Auch denken die Befehlshaber nicht alle

Wie Bozaris verzweifelt sich zu wehren;
Tzavellas selbst kann dieses euch erklären.
(Gibt ihm einen Wink.)

1 v.　Ich halte es mit euch in jedem Falle.
　　　Nur wimmelt noch die Stadt von Pallikaren,
　　　Die nichts von Waffenstrecken wissen wollen,
　　　Und keiner darf den letzten Schritt erfahren.
　　　Der Boden unter unsern Füßen gleicht
　　　Der Hölle, so mit Minen unterwühlt
　　　Ist jeder Fleck, uns in die Luft zu sprengen.
　　　Wir suchen erst die Mannschaft zu gewinnen.

aurok. Bestechet ihr sie erst durch Geld, gewiß!
　　　Die Übergabe hat kein Hinderniß.

3 a v.　Ich zähle der Armatoli's achthundert,
　　　So viel als Bozaris und Karaiskos.
　　　Sturnaris gleichfalls, Zongas nicht viel minder.
　　　Wir lieben sie, wie Väter ihre Kinder.

Laurok. Auch liegen hier noch siebenhundert Franken,
　　　Für deren Dienste wir uns gern bedanken.

3 a v.　Wir kommen zu euch. Gönnet uns nur Zeit.

Bull.　Die Pallikaren, die wir allerseits
　　　Zerstreut geglaubt, sind also hier versammelt?

Kaurok. Gewiß! und alle Gassen sind verrammelt.
　　　Vernichtend wirkte so ein jäher Sturm,
　　　Gemeinsam würden Freund und Feind verderben;
　　　Denn ein Vulkan wird jeder Pulverthurm:
　　　Wollt ihr für solchen Preis den Platz erwerben?

J. Bull. Die Stadt, die ihr so furchtbar habt bewehrt,
　　　Omer Vriones wünscht sie unversehrt
　　　Sich und dem Reich des Großherrn zu er=
　　　　　　　　　　　　　　halten.

Gebt mir das Wort und wählt bei Zeit das Beßte
Ihr sichert euch, versichert euch der Veste.

Maurok. Wir kämpfen für die letzte Spanne Erde,
Halb Hellas ist bereits ein Leichenfeld,
Daß nicht die letzte Stadt zertrümmert werde
Habt ihr euch in die Bresche kühn gestellt.
So sey denn euer Antrag uns willkommen.
Und gönnet ihr uns nur Bedenkensfrist,
Bald haben wir mit Klugheit und mit List
Die Pallikaren dafür eingenommen.

J. Bull (zieht ein Portefeuille hervor). So werde die Verab-
rebung verbrieft,
Bekräftigt das mit eurer Unterschrift.

Tzav. Wie soll ich schreiben? wer hat mich's gelehrt?
Ich zeichne meinen Namen mit dem Schwert
Statt auf Papier in leserlichen Zügen
Dem Feinde, wenn es trifft, in das Gesicht,
Mit rother Tinte, anders schreib' ich nicht. (ab.)

J. Bull. So wollt ihr es bei bloßen Worten lassen?
Indeß hier Hagos Vessaris' Hand
Die Vollmacht und die Punkte der Eröffnung
Besiegeln durfte?

Maurok.   Hier ist nicht zu spaßen.
Uns biene das Diplom zum Unterpfand,
Was die Kapitulation uns sichert. (Nimmt die Schrift.)
So wie die wilbe Mannschaft ist gebändigt,
Und der Verhältnisse wir mächtig sind,
Seid ihr durch ein Signal von uns verständigt,
Worauf vom Festungsthor Omer Brion
Besitz ergreift, verkündend den Pardon.

10. Szene.

Botaris.

Botzar. So eben kömmt die Aufforb'rung mir zu,
Uns nicht mit dem Serasker einzulassen.
Es hat allein der Kapuban der Flotte,
Die uns blockirt, die Vollmacht zur Verhandlung.
Er sichert freien Abzug gen Lepanto,
Den Häuptlingen verspricht er große Summen.
Hier leset selbst.

J. Bull. Unmöglich! sag' ich euch.
Ich bin von dem Serasker abgesandt,
Und der allein hat Alles in der Hand.

Maurok. (für sich). Wohlan! es liegen um die sich're Beute
Omer Brion und Jusuf hier im Streite.
(laut) Es bleibt bei dem, was wir zuvor besprochen;
Doch händigt dem Vezir die eig'ne Schrift
Zum Zeugniß ein, was Jusuf's Wort betrifft.

J. Bull. Von Jusuf Pascha. Nein! ich glaub' es kaum.
Es ist Verrath, wo nicht ein böser Traum.
Das Siegel ist's, was weiter soll gescheh'n:
Die Frage wird in Stambul erst geschlichtet.
Ich habe meinen Auftrag ausgerichtet,
Ihr Kapitäne! drum auf Wiederseh'n. (Ab.)

Botzar. Gemach, Agent, der bu uns mit Gewalt,
Durch Überredung, Hinterlist und Tücken
Um Stadt und Festung dachtest zu berücken:
Gemach! sag' ich, vielleicht erfährst du bald,
Daß unser Einer doch gescheidter ist,
Als sieben solche Juden, wie bu bist.
In seinen Netzen fängt sich der Verrath.

Der Pascha haßt, von Eifersucht entbrannt,
Den albanesischen Emporkömmling.
So gehen, wie ich hoffe, Hand in Hand
Sie in die Schlinge, die sie uns gelegt.
Durchkreuzen wir die Plane unsrer Gegner
Und bieten Missolongi beiden feil.

Maurok. Das Schreiben Omers gehe Jusuf Pascha,
Wie das des letztern dem Seraster zu.
So zieht die Unterhandlung sich hinaus.
Sie werden, statt uns Griechen zu betrügen,
Bald selbst einander in den Haaren liegen.

Botzar. Wo Stahl und Stein sich stoßen, gibt es Feuer.
Vom Meere geht uns auf der Rettungsstern.
Der Knoten ist geschürzt, bis er sich löst,
Ist auch die Griechenflotte nicht mehr fern,
An die sich unsre letzte Hoffnung kettet,
Und wir und Missolongi sind gerettet. (Ab.)

Dritter Akt.

1. Szene.

…achte. Flucht türkischer Briggs und Kajücks vor griechischen Schiffen
…n Lagunen Missolongi's. Die Pallikaren feuern vom Lande aus. Die
…ischen Fahrzeuge flaggen mit dem Kreuzbanner. Im Proscenium erhebt sich
…(für den Zuschauer) das Grabmal des Kyrialos, links des General
…ann mit deren Namen. Mauromichalis im grünen pelzverbrämten
…n, von Sturnaris geführt. Die Hydrioten in dunkelbrauner Schiffer-
…: mit runden, seidenverbrämten Jacken, weiten Pumphosen und weißen
…rümpfen steigen an's Land. Die Sulioten und übrigen Pallikaren
…kreuzen ehrfurchtsvoll vor Petrobey die Arme über die Brust.

…le.   Triumph dem Kreuze, nieder mit dem Halbmond!

…Par. (nach rechts und links die Hände drückend). Glück zu,
                       Mauromichalis! dessen Haus
So alt ist wie die Berge des Taygetos.
Dieß ist ein Tag der Freude und des Siegs.
Willkommen, mein Kanelos Delhiyannis,
Andreas Londos und ihr Tapfern alle!
Ganz Griechenland erscheint hier auf dem Kampf=
            platz.
Von Calavryta ging der Aufstand aus,
Von Calavryta bist auch du, Zaïmis,
Das sind die wackern Kinder aus der Maina.
Ihr Waffenbrüder alle, freuet euch!

y

4*

Sturn. Schnell haben von den Ufern des Eurotas
Bis zu den Weingeländen von Gastuni
Die Krieger sich geschaart, um sich sofort
Auf Booten, die von Hydra ausgelaufen,
Im Golfe von Kyllene einzuschiffen.
So ist mein Wort gelöst, und bald vielleic[
Der Wendepunkt des Waffenglücks erreicht.

Maurom. Gottlob! daß wir noch zeitig eingetroffen,
Die unbesiegte Suliotenschaar
Und insgesammt die Tapfern zu begrüßen,
Die wunderbar bestanden die Gefahr.
Heil dir, den Hellas seinen ersten S[
nennt!
Im Namen des hellenischen Senats
Ernenn' ich, Markos Botzaris, hiemit
Dich zum Stratarchen von Ätolien,
Sowie Kolokotroni die Morea
Und Odysseus Ostgriechenland befehligt.
Die blaue Chlamys (wird ihm umgehangen) sey d[
Ehrenkleid.

Botzar. (küßt die Urkunde der Bestallung). Ich danke d[
Areopag, der sich
Zur Ordnung Griechenlands in Astros samm[
Mein Arm ist sein von je sowie mein Herz;
So nehm' ich als Befehlshaber des Landes
Vor Allem, Kinder, euch in Treu und Pflic[
(Die Mannschaft kniet, zieht und erhebt die Schwerter.)
Ich nehme Gott zum Zeugen zwischen mir
Und euch, daß wir nicht eher aus den Hän[
Die Waffen legen, bis die Freiheit Aller
Gesichert ist.

Alle. Wir schwören bir's, Stratarch!
Heil dem Stratarchen von Ätolien!
(Erheben sich und stecken die Schwerter ein.)

Maurom. Hier finde ich noch einen Kämpfer vor,
Den ich mit meinem Lebewohl muß grüßen.
(Läßt sich vor Kyrialos' Grabmal auf ein Knie nieder.)
Kommt mit heran, ihr Kinder des Taygetos,
Zu eurem Führer hier im Erdenschooß.
Gott sey gelobt, ihm fiel ein schönes Loos,
O daß so ehrenvoll all meine Söhne
Bestehen möchten, wie Kyrialos. *(Verhüllt sein Haupt.)*

Botzar. Zur Seite haben wir ihm hier gebettet
Den Stolz der tapf'ren Philhellenenschaar,
Den tapf'ren Normann aus Germanien.
Möcht' ich als dritter Kampfgenosse einst
In Mitte dieser beiden Helden ruhen.

Maurom. *(erhebt sich).* Sie haben früh dem Tode ihre Schuld,
Und ich dem Schmerze den Tribut bezahlt.

Botzar. Doch wie habt ihr zur See euch durchgefochten?

Maurom. Die beßte Botschaft bring' ich eben jetzt.
So höret. Wunderdinge sind gescheh'n:
Das Blutbad auf der Insel des Homer,
Der dreißigtausend Christen, welche wehrlos
Zu Chios unter'm Säbel der brutalen
Osmanli fielen, schrie zu Gott um Rache.
Die hohe Pforte ist durch Einen Mann
Erniedriget — Kanaris ist sein Name.

Botzar. In welche Spannung dein Bericht versetzt!

Maurom. Unsterblich sind die Thaten Ipsara's,
Es fegt das Inselvolk im Bund mit Samos
Den ganzen Archipel von Feinden rein.

Gejagt von ihren Brandern floh der Türke
Von Chios unter die Kanonenlucken
Der Dardanellen und der Siebenthürme.
Da ließ der Großsultan das winz'ge Eiland
Sich auf der Karte weisen, und befahl es,
Den Finger drauf, in's Meer zu werfen, obe
Am Schiffseil ihm nach Stambul hinzuschleppen
Auch Spezzia und Hydra zu zermalmen.
Schon lag vor Tenedos die Türkenflotte;
Da fuhr mit wenig Mann Kanaris ab.
Verkleidet und den Halbmond aufgehißt
Läßt er von griech'schen Schiffen sich verfolgen,
Und findet Zuflucht im Bereich der Feinde.
Schwarz lag bereits die Nacht auf den Ge-
       wässern.
Er sucht das Admiralschiff Kara Mehmet's,
Das einer Festung gleich im Meere schwamm,
Bis sich's durch den Signalschuß und den Glanz
Der Lichter hoch am Borde ihm verrieth.
Er sieht's und treibt mit Einem Stoß der
       Brander
Jetzt in den Bauch desselben, daß es dröhnt.
Und wie wenn vom Gewölk der Wetterstrahl
Herniederfährt, entzündet er das Boot.
Mit Öl und Schwefel, Pech und Pulvertonnen
Belastet explodirt der Brander schnell,
Und geht in Eine Feuermasse auf.
Kaum daß die Wächter mit Entsetzen noch:
Yangün var! rufen: „Feuer ist an Bord!"
Die Flammen fressen gierig Tau und Segel
Und wirbeln längs der Masten hoch empor.

Nun wächst der Sturm — es lichtet sich das
     Dunkel!
Schon färbt das Firmament sich blutig roth,
Es theilt die Brunst sich mit dem Nachbarboot.
Ein Glutmeer wälzt sich mit den Wellen fort,
Und von den sturmgepeitschten Segeln fliegen
Wie Flocken Schnee's die Flammen über Bord.
Wer schilderte die Schrecken dieser Nacht!
Hier löst ein Boot die Anker, kappt die Taue
Und segelt seinen Nachbar in den Grund.
Dort treibt die Brigg entmastet und entmannt,
Dann reißt sich schwankend die Galeere los,
Bis sie im Elementensturm zerschellen.
Ein feuerspei'nder Berg ist nun das Haupt=
     schiff.
Von selbst entladen sich die Feuerschlünde:
Da leckt die Flamme an die Pulverkammer.
Ein Blitz, ein Knall, ein ungeheurer Schlag,
Als ob die Welt aus ihren Angeln springe,
So fliegt das Admiralschiff in die Luft,
Und Tausend stürzen zuckend und zerfetzt
In's Wogengrab wie aus den Wolken nieder,
Es scheint der Pfuhl der Hölle aufgethan.
Doch gurgelnd schluckt die Tiefe alle Opfer,
Bis sich der Mund des Abgrunds endlich
     schließt,
Und Nacht und Grau'n deckt wieder die Ge=
     wässer.

Botzar. O Tenedos, unsterblich ist dein Name!
Ein einz'ger Mann hat diese That vollbracht.
Der Arm des Höchsten hat für ihn gestritten.

Maurom. Wie Gottes Donner durch die Himmel rollt
So wälzt sich sturmesschnell die Siegeskunde
Durch die erstaunte Inselwelt, und kömmt
Nach Ipsara sogar noch vor Kanaris.
Sofort ertheilt die Admiralität
Von Hydra ihm den Titel des Navarchen,
Doch schlägt der schlichte Seemann das Command
Und jede weitere Belohnung aus.
Zum Dank empfängt er nur von den Ephora
Der Heimat einen Lorbeerkranz auf's Haupt.
Doch an dem Tag ward ihm ein Sohn geboren

Bozar. So hat ein Bild vom Sturz des Türkenstaats
Sich vor Europa's Augen hell entrollt.
Mög' uns zu Land ein gleicher Sieg gelingen!
Das Staatsschiff der Türkei ist leck geworden.
Die Fäulniß frißt im Innern ungeseh'n,
Doch rasch um sich. Das ungeheure Reich,
Das an dem Mark der Nationen zehrte,
Hat seinen Gnadenstoß durch uns erfahren.
Vernichtet ist das Blendwerk seiner Macht,
Wir haben eine Wunde ihm versetzt,
Woran es langsam sich verbluten wird.
Das Gift im Körper wirkt zuerst auf's Haupt
Und die Verwesung fängt beim Fisch am Kopf an
Der Sultan lebt vom Gnadenbrod der Mächt
Des Abendlands, gestützt auf ihre Schultern.
Bald ist die Welt mit Trümmern angefüllt
Vom Riesenfalle des Osmanenreiches.
Wo bleibt Kolokotroni und was macht er?

(Bozaris, Mauromichalis und Maurokordatos treten mehr
ten Vordergrund.)

Naurom. Du kennst ihn ja, den alten Klephtenhäuptling.
Er grollt und schließt in Nauplia sich ein,
Krank wie der Löwe, der nach Beute hungert,
Und sammelt alle Mißvergnügten um sich.
Er ist's allein, er überall und immer,
Und alle guten Pläne geh'n von ihm aus.
Ja gälte es das Säbelregiment
Der Pforte zu erneu'n, er spielte wohl
Am liebsten selbst den Pascha über uns.

Botzar. Gleichwohl ist er ein tapf'rer Mann, er trägt nur
Die Sünden und das Unglück seines Hauses.
Noch kein Kolckotroni starb in Frieden.

2. Szene.
Basiliki. Barnakiotis.

Basiliki. Wer hilft der Gattin von dem Renegaten,
Weh' mir, ich will nicht länger bei ihm weilen,
Laßt mit dem Wolfe mich das Lager theilen,
Nur schickt mich nicht zurück dem Apostaten! (ab.)

Barnak. Gebt mir Basiliki, mein Weib, heraus!
Wo nicht, so soll das Schwert die Fehde schlichten,
Und über uns ein Gottesurtheil richten.

Botzar. Barnakiotis! kömmst du her im Frieden,
Kömmst du als Wärwolf und von Zorn beseelt?
Vernimm, das Gottesurtheil ist gefällt:
Durch Priesterspruch dein Weib von dir geschieden,
Geschleudert auf dein Haupt das Anathem.
Was zettelst du Verrath nach allen Seiten
Und spinnest Lug und Trug und Hinterlist,
Um zu erneuern alten Stammeszwist,
Zum Abfall alle Stämme zu verleiten.

Varnak. Wie? Soll ich von der Schlacht euch Rede steh'n!
Ihr habt euch selber in die Flucht geschlagen,
Indem ihr uns als Feinde angeseh'n,
Als wir die Türkenbanner fortgetragen.
Wer wagt es, mir zu sprechen von Verrath?
Bin ich allein dem Sturme ausgewichen?
Habt nicht auch ihr mit Omer euch verglichen?
Hat Bozaris die Schlüssel dieser Stadt
Beim Schwur: „Bessa ia Bessa"! *) nicht ver=
                                       sprochen?
Wer hält sein Wort und wer hat es gebrochen?

Bozar. Mein Leben ist dem Vaterland geweiht,
Du aber liefest zu den Türken über.
Geh', wasche deine Ehre rein mit Blut:
Dort vor dem Feinde zeige deinen Muth!

Varnak. Ihr habt des Akamaniers vergessen,
Dem rechtlich das Commando hier gebührt.
Darf sich mein Ehrgeiz nicht mit eurem messen?
Hab' ich nie Pallkaren angeführt?
Doch legt auch ihr sofort die Waffen nieder,
So sind wir ja die alten Waffenbrüder.

Bozar. Was, Thörichter so fröhntest du dem Wahn,
Daß wir dem bösen Feinde uns verschrieben?
Laß dir die Schuppen von den Augen fallen!
Nur Kriegslist wir's, wir knüpften mit dir an:
Magst du die Täuschung mit dem Kopf bezahlen,
Du Überläufer dientest unsrem Plan.

Varnak. Wie! stoßt ihr mich zurück mit Wort und That,
Und reißt, um selbst den Mann in mir zu kränken,

---

*) Albanesische Betheuerung = wahrlich! auf mein Wort!

Die eig'ne Gattin jetzt von meiner Seite:
So lebet wohl, ihr sollt noch an mich denken! (Ab.)

Karaisk. So geh', und laß uns hier nicht weiter habern,
Und nie mehr lenke hieher beinen Fuß.
Mir kocht das Blut in allen meinen Abern,
Wenn ich der letzten Tage denken muß.

Maurok. Bewahret rein von Bruderblut die Hände.
Die angestammte Zwietracht birgt dafür,
Daß wir die ächten Griechensöhne sind.
O daß der Kampf uns endlich einig fände!

Maurom. Gleicht Hellas nicht dem steuerlosen Kahn?
Ein Spiel der Wellen wird es umgetrieben
Vom widerwärt'gen Geist der Faktionen.
Ein Mittel nur zu unsrem Heile kenn' ich:
Daß bald ein Fürst der großen Christenheit
In unsre Mitte als Versöhner tritt,
Und im gemeinen Wohl des Vaterlandes
Die Interessen der Geschlechter einigt.

Botzar. Wem leuchtet nicht die weise Rede ein?
Die höchste Macht und Herrschaft darf nicht Ziel
Und Spiel des Neids für jeden Häuptling seyn.
Doch Gottes Auge lenkt es, wie er will.

3. Szene.

Porphyrios mit Diakonen und Fahnen.

Porph. Was säumt ihr, für die unverhoffte Hilfe
Dem Allerhöchsten Lob und Dank zu bringen?
Was zögert ihr? Laßt uns im Haus des Herrn
Mit Einem Munde Dankes-Hymnen singen!
Noch gestern war die Stadt und wir verloren,
Wenn nicht die Vorsehung für uns gewacht:

Was zaubert ihr? Der Feind ist vor den
Thoren,
Der Tag des Sieges folgt auf düstre Nacht.

Boßar. (zieht das Schwert; Alle folgen seinem Beispiele).

Auf! Laßt die Trommeln wirbeln, die Fanfaren
Des Sieges schmettern, die Kanonen lösen
Zum Lob des Höchsten und dem Feind zum Trutz,
Auf daß es laut in Hellas wiederhalle.
Ein neuer Heldengeist durchbringt uns Alle,
Und uns begleitet sichtbar Gottes Schutz.
Nun sende deine Schaaren, Omer Pascha,
Wir steh'n vereint gerüstet zum Empfang,
Und keine Macht der Erde soll uns trennen,
Mag heute noch der heiße Kampf entbrennen.

(Abzug unter Trompetengeschmetter.)

4. Szene.
Omer's Zelt.
Omer. Reschid. Jusuf (hereinstürzend).

Reschid. Die Macht zur See hat Allah den Giauren,
Den Türken die Gewalt zu Land vertraut.

Jusuf. Die Haasen *) aus Morea sind gelandet,
Und Petrobey, der Fürst der Maina, führt
Persönlich die Piratenschiffe an.

Omer. Verrath, sag' ich, Verrath im eignen Lager.
Hochbord'ge Schiffe flohen vor Schaluppen.

Jusuf. Die ganze Flotte setzten sie in Brand,
Hätt' ich geleistet längern Widerstand.

Omer. Jetzt wird es vollends klar vor meinen Augen.

---

*) Tawschan, türkischer Spottname für die Griechen.

Das also war der Zweck der Übereinkunft,
Mich hinzuhalten, bis Entsatz erfolgte?

ib. Wie kannst du auf der Griechen Treue bauen,
Die sprichwörtlich im Mund der Völker ist?

r. Ein Häuflein Klephten sprach uns also Hohn,
Jetzt bin ich lebhaft überzeugt davon.

hib. Ich war's, der die Gefangenen von Arta,
Nachdem wir sie mit Hunden aufgespürt,
Sofort in Masse niedermetzeln ließ,
Daß keiner mehr uns täuscht und irre führt.

uf. Beim großen Glück des Padischah!...

er.   Du hast
Unglücklich da geschworen, und dein Werk
Ist das Gelingen ihrer feigen List.
Wer hat in meinem Rücken unterhandelt,
Wer stund mit ihnen im geheimen Bunde?
Ist's nicht gerecht, wenn mich der Zorn an=
                                  wandelt?
Bei Allah, wie verfluche ich die Stunde,
Wo ich durch euch den Sturm mir wehren ließ!
Doch bin ich meines Handelns jetzt gewiß.
Die Stadt verbrenn' ich, daß die Feuersäule
Bis an den Himmel schlage und den Weg
Des Siegs bis Tripolitza mir beleuchte.
Die Grenzen meiner Rache zieht mein Schwert.
Auf denn, und stellt die Truppen in Bereitschaft,
Bis daß der erste Schuß das Zeichen gibt!
Das Schlachtgebrüll, der Feuerschlünde Dröhnen,
Der Kugeln Zischen schmeichelt meinem Ohr.
Es will so seyn, daß ich im Blute wade,
Bei meinem Zorn, ich dulde keine Gnade!

Jusuf. Auf meinen Schiffen werden sie gespießt,
Auch sollen an den höchsten Segelstangen
Noch heut' die Häupter der Rebellen prangen.

(Reschid und Jusuf ab.)

Omer. Ich habe in Arabien gekämpft,
Und meinen Namen muß Ägypten kennen.
Ja Griechenland soll ihn mit Schrecken nennen:
Auch dieser Aufruhr wird durch mich ge=
dämpft.
An Botzaris erkenn' ich meinen Feind;
Der einz'ge Mann verdunkelt meinen Ruhm.
Drum soll er fallen, und von seiner Art
Ist Einer meiner Rache aufgespart.
(Ruft:) Hassan! — ich will dem jungen Sulioten
Den Hals durch diesen schwarzen Teufel brechen.
(Hassan tritt ein.) Noch einmal führe den Ge=
fang'nen vor. —
Des Wolfes Junge wird ein Wolf, und aus
Dem Ei der Schlange schlüpft der Basilisk.
Zertritt die Natter, ehe sie dich sticht,
Wenn sie sich krümmt, so achte solches nicht!

5. Szene.

Christopulos.

Hassan. Mein Herr, hier ist der Grieche nach Befehl!
Omer. Sprich diesen Namen mir nicht mehr zu Ohren,
Der mich nur denken macht an den Verrath.

(Hassan ab.)

Treuloses Volk, dazu seyd ihr geboren!
Christop. Und was hab' ich, Serasker! dir gethan,
Daß du an mir dich rächen willst? sag' an.

Omer.   Ihr Raja's alle seyd voll böser List,
Betheuert ohne Treue und Gewissen.
Wenn du auch jetzt mir nicht gefährlich bist,
So sollst du mir für deinen Bruder büßen.

Christop. Mein Schicksal, wie das deine, steht bei
Gott;
Nur Ungewißheit macht verzagt und bange,
Der Muth der Unschuld kräftigt und erhebt
mich.
Ich sterbe, doch mein Rächer überlebt mich.

Omer.   Die Wonne wird dir sicher nicht zu Theil,
Ich sorge schon für euer Aller Heil.
Nunmehr will ich das Siegspanier entfalten,
Und auf den Trümmern der erstürmten Stadt
Wirst du zur Buße für den Hochverrath
Sammt deinen Brüdern deinen Lohn erhalten.
Auf, ihr Toriden, Gegen und Japygen!
Nun lasset eurer Mordlust freien Lauf,
Die ihr ergraut in Krieg und Heereszügen,
Ihr Anatolier, zum Sturme! auf!
Vergießet Ströme Bluts in allen Gassen
Und würgt, was immer Waffen hat zur Hand.
Nicht einen Stein will ich am andern lassen.
Die Nachwelt frage, wo die Veste stand.
Du aber steh' und höre mit Entsetzen
Das Schallen dieser türkischen Musik.
Ich will den Fuß auf euren Nacken setzen.
Begleite mich mein altes Waffenglück!

(Ab. Man hört Sturmblasen und den Lärm der Kesselpauken.)

Christop. Nie mehr soll ich den Tag der Freiheit seh'n,
Noch meine Heimat, ach des süßen Lebens!

So frühe schon muß ich zu Grabe geh'n.
Es sträubt sich die Natur, jedoch vergebens.
Nicht um die Siegespalme darf ich werben,
Nicht ist, wie einem Tapfern, mir gegönnt,
Im heil'gen Kampfe ruhmgekrönt zu sterben;
An's Spiel der Waffen bin ich nicht ge=
       wöhnt.
Ein Sohn, entsprossen einem edlen Stamme,
Geh' ich entgegen einem bitt'ren Tod,
Mein Daseyn zwecklos, Andern nur zum Grame,
Groß ist mein Jammer, meine Herzensnoth.
Nicht Eine Thräne fließt auf meinem Grabe,
Nicht in geweihter Erde werd' ich ruh'n:
Gleichwie an einem Mörder wird der Rabe
An meinem Leib die letzte Ehre thun.
Nicht tret' ich an die Seite neuer Helden,
Kein Priester segnet mich zum Sterben ein,
Nicht Freund noch Bruder werden um mich
       seyn.
Wer wird ein Wort von mir der Nachwelt
       melden?
Der Wind zerstreut mein moderndes Gebein.
Ein Jüngling kaum betret' ich schon die Schwelle
Des Todes; doch was Gott gefügt, ist gut.
Was klagst du bitterlich, o meine Seele!
Verfolge deine Bahn und fasse Muth.
Laß meine Mörder Zorn und Rache schnauben.
Dein Antheil ist unsterblich bald bei Gott.
Als Martyr für den reinen Christenglauben
Seh' ich der Freiheit ew'ges Morgenroth.
 (Neues Trompetenblasen. Christopulos knie niedert.)

Horch, wie sie toben und im Sturme rasen!
Gott meiner Väter, Herr der Christenheit!
Für deinen Namen geh'n sie in den Streit.
Du wirst dein Volk im Streite nicht verlassen;
Beschütze Hellas, laß es nicht zertreten
Von seiner Feinde mörderischem Fuß.
Wo die Apostel einst gewandelt, muß
Der Christ allzeit zu deinem Namen beten.
Nicht untergehen laß die edle Sprache,
In der geschrieben steht dein heilig Wort.
Dein ist die Hilfe, Herr, und dein die Rache,
Sey in dem Kampfe unser Schild und Hort.
Horch, wie sie Allah! Allah Akbar! rufen.
O großer Gott, du in des Himmels Höh'n!
Laß nicht das Licht des Glaubens untergeh'n,
Nicht uns zerstampfen unter Rosses Hufen.
Laß nicht die Wölfe wüthen in der Heerde.
Dein Wort ist es, das einzig hat Bestand.
Gib, daß durch uns dein Name siegreich werde,
Wir stehen als dein Volk in deiner Hand.
Du sendest aus den Wolken deine Blitze,
Dein Donner ist's, der im Gewitter rollt.
Erbarme dich, wie auch der Feind uns grollt.
Schon schweigen die Belagerungsgeschütze ...
Der Sturm ist abgeschlagen, meine Brüder
Erwehren sich der fürchterlichen Schlacht.
Ich knie vor deinem Angesichte nieder,
O Gott der Christen, groß ist deine Macht!

8. Szene.

Zuleika.

Zuleika. Auf! nimm den Mantel um dich, laß uns
flieh'n,
Und rette mich und dich in dem Getümmel.
Wir dürfen keinen Augenblick verzieh'n.
Jetzt oder nie!

Christop. (erhebt sich). Zuleika? Gnäd'ger Himmel!
Darf ich der Stimme, meinen Augen trauen?
Du bist es? wie! Du wagst für mich dein
Leben.

Zuleika. Genug der Worte: komm, und wir sind frei.

Christop. Wer schlägt die Eisenketten mir entzwei?
O der Gefahr!

Zuleika. Gefahr ist im Verzug.
Geschwind entflieh', die Zeit vergeht im Flug.
(Beide ab. Der Schlachtlärm nähert sich. Nach einer Pause
Christopulos ohne Mantel über die Bühne eilend.)

Zuleika. So eile hießer! flüchten wir in Hast.

Christop. Wie kann ich flieh'n mit dieser Kettenlast,
Wo jeder Ausgang sich verrammelt findet,
Der Kampf sich wieder in die Nähe zieht
Und jeder Schritt den Kommenden verkündet?
O schone du dein Leben; lasse mich.
Es ist zu spät, ich gebe mich verloren.
(Der Mohr erscheint am Ausgange.)

Zuleika. Das Unglück hat sich wider uns verschworen.
Christopulos, ich sterbe, rette dich! (Ab.)

Christop. Ja wache, schwarzer Henker, daß das Opfer
Der Thrannei nicht beiner Hand entgeht.

Belaste mich mit Ketten, niete sie
Mir fester an. Der Kerkermeister steht
Für den Gefang'nen ein, der ihm entrinnt.
Dein Anblick sagt: es theile gleichgesinnt
Der Mordknecht das Gewissen seines Herrn;
Ich selber aber, ich verzeih' dir gern.

(Der Mohr ab. Christopulos erhebt die gefesselten Hände.)

Zu dir, mein Gott, hab' ich die Hand erhoben,
Schon hält der Wolf das Lamm in seinen
Klau'n,
Doch lasse mich, wie auch die Feinde toben,
Nur einmal noch den Sieg des Kreuzes schau'n.
Hör' ich den Schlachtenruf der Pallikaren,
Ist es der Türken wildes Mordgeschrei?
Gib, daß ich in den Händen der Barbaren
Für sie das Opfer deines Zornes sey.

9. Szene.

Omer.

Omer. Ha, bete nur zu deinem Isa, bete!
Ich will dich beten lehren, Christenhund.

Christop. Es ist für uns der Tag des heil'gen Christ,
Der mächtiger, als seine Feinde ist.
Er, dessen Lohn einst der Gerechte ärntet,
Und dessen Hand ihr eben fühlen lerntet.

Omer. Verflucht, sag' ich, sey dieser Unglückstag;
Verflucht der Zornmuth, der mich trieb zum
Sturm.
Umsonst! es bricht das Schicksal Schlag auf
Schlag
Auf mich herein, doch auch auf dich, du Wurm.

5 *

Chriſtop. Hoch thront im Himmel unſer aller Richter,
Der unſer Loos in ſeiner Wage wiegt.
Ich ſterbe freudig, ſeh' ich dich beſiegt.
Waſch immer deine Hand in meinem Blute,
Doch ſchreite ich als Sieger in den Tod.
Den Leib dem Henker, meine Seele Gott!

Omer. Wie, Sklave, triumphire nicht zu früh!
Ich will die kurze Wonne dir vergällen,
Die Reihe iſt an dir, jetzt oder nie!
Mit ausgeſuchter Qual laß ich dich quälen.
Dein Name ſpricht das Todesurtheil dir.
Ein Botzaris darf nicht am Leben bleiben.
Der Sturm iſt abgeprallt, doch ſoll dafür
Dein Tod dem Volk den Siegesrauſch vertreiben.

Chriſtop. Was knirſcheſt du, Tyrann! Die Qual, womit
Du drohſt, kann deine Qual nicht lindern. Gott
Kennt die Geheimniſſe der Menſchenbruſt.
Ich ſterb' in Unſchuld, doch dich trifft der Fluch,
Daß du in Mitte deiner Gräuel endeſt,
Und, warte nur, Vezir, bald folgſt du nach!

10. Szene.

Zuleika (ſtürzt aus dem Nebengemach).

Zuleika. Barmherzigkeit, Vezir, Barmherzigkeit!
Biſt du der Mann, für den ich leben ſoll?
Weh' mir, du Grauſamer! gib mir den Tod,
Doch ſchone dieſes unglückſel'gen Griechen.

Omer. Was ſeh' ich, du verrätheriſche Schlange!
So ſpielt man mit mir hinter meinem Rücken
Iſt das die Jungfrau, wornach ich verlange?

Zuleika. Noch einmal rufe ich: Barmherzigkeit!

Der Türke hat dafür kein eigen Wort,
Der Griechensprache muß ich es entlehnen.
Ist dieß der Buhle, wornach dich gelüstet,
Ist das die Zucht und Ehre im Harem?
Von allen Seiten werd' ich überlistet.

ika. O büß' an meinem Leben deine Lust;
Nicht an dem Jüngling deine Rache kühle!

stop. Zuleika, welche wechselnde Gefühle
Bestürmen bei dem Anblick meine Brust!

er. Muß ich die Schlange an dem Busen hegen?
Erfahret, was es heißt, die Eifersucht
Omer Briones', eures Herrn, erregen.

leika. Verdamme mich.

ier.   Verflucht, sag' ich, verflucht!
So sind Verlobte schon der Treu' vergessen.
Und ein Gefangener darf sich's vermessen?
Zurück, du Falsche, aus den Augen fort,
Eh' ich dich strafe, hier ist nicht der Ort.

II. Szene.

Reschid Pascha.

Reschid. Mißlungen ist der Sturm, es ist umsonst!
Zerstoße dir den Kopf an diesen Mauern,
Sie werden jeden Anlauf überbauern.
Die Stürmer liegen wie dahin gemäht.
Doch wie, Zuleika! Seh' ich hier mein Kind?
Was suchst du da, wo keine Frauen sind?

Zuleika. Mein theurer Vater!

Reschid.   Sprich, was ist geschehen?
So kommst du, Tochter, den Gemahl zu sehen?

Zuleika. Ich bin verlaffen, meine Welt ift todt.
　　　Wer wird mir fürder an der Seite ftehen?
Refchid. Du folgeft deines Vaters Machtgebot.
　　　Sieh' den Serasker hier, Omer Vrion!
　　　(zu Omer.) Ich sparte dir sie für den Tag des
　　　　　　　　　　　　　Sieges,
　　　Nun sey sie dein zum Troft der Niederlage.
　　　Den Preis bezahlt die Beute von Janina.
　　　Nimm meine Tochter denn in deine Hand.
Omer. Mich widert an der Frauen Unbeftand.
Zuleika. Nein, Vater! nein, ich fchaud're vor dem Mann.
　　　Es ift umfonft, da ich nicht anders kann.
　　　Dem Menfchen will ich nie zu eigen feyn,
　　　Und ftünd' ich in der weiten Welt allein.
　　　O Vater! rette diefem hier das Leben,
　　　Sonft nimm es auch dem Kind, dem du's gegeben.
Omer. Du fiehft, der Raja fchlich fich in ihr Herz;
　　　Heimtückifch hat er dich und mich betrogen,
　　　Die Tochter dir, die Gattin mir entzogen.
Refchid. Du träumft, du rafeft, Kind, du bift von
　　　　　　　　　　　　　Sinnen;
　　　Wie kannft du einen Raja liebgewinnen?
Zuleika. Vergib mir, noch dazu in diefer Stunde.
　　　Ich mußte fehen, wie der Arme duldet,
　　　Ift denn für uns das Mitleid fchon verpönt?
　　　Was hat der Jüngling denn an euch verfchuldet?
　　　O bleibe, Vater, nicht fo unverföhnt!
　　　(Umklammert erft Refchid's, dann Omer's Kniee.)
Omer. Und du willft noch die Kniee mir umklammern,
　　　Daß ich befreie diefen Chriftenhund?
　　　Wie! darf ein Grieche dich, die Türkin, jammern,

Indeß zu Hunderten dahingestreckt
Die Unsern draußen liegen todeswund,
Und keine Hand sich für dieselben regt?

Reschib. Wie, Undankbare, den Giaur verschonen?
Wo bleibt, Zuleika! Tochter! deine Scham?
So willst du mir noch vor dem Tode lohnen?
Und nicht an Alter sterb' ich, nein, vor Gram.

Hassan (tritt ein). Ich klage diese edle Türkin an,
Daß sie entfliehen wollte mit dem Mann.
Dieß ist der Mantel, den ich ihm entrissen,
Da ich als Wächter ihm den Weg versperrt.

Omer. Ha! dieß Verbrechen straft sich mit dem Schwert.

Reschib. Was werd' ich noch von dir erfahren müssen?

Zuleika. O Vater, bin ich nimmer werth, dein Kind
Zu heißen, weil ich milde bin gesinnt?
Und weil geheime Angst und inn'res Grauen
Die Nähe des Gebieters mir verleiden,
Darf ich nicht mehr dein Vaterantlitz schauen?
Die inn're Stimme sprach für diesen Mann
Und sagt mir jetzt noch, daß ich recht gethan.
Gebt mir den Tod, ich sterbe ja mit Freuden.

Christop. Leb' wohl, Zuleika!

Omer.   Fort, sag' ich dir, fort!
Auch du, untreue Dirne, weg!

Reschib.   Kein Wort!
Sonst geht dein Vater mit dir in's Gericht,
Daß du vergessen aller Kindespflicht.

Omer. Das ist die Frucht von solchen Christenmüttern.

Reschib. Laß diesen hier vor deiner Rache zittern.

Christop. Ja zitt're, Pascha du, ich zitt're nicht.

Omer. Was zögere ich noch, Verführer du!

Nicht eine Stunde sey dir mehr gefristet!
Hinweg! sonst laß ich, wenn es mich ge-
lüstet,
Noch deinen Kopf nach Missolongi schleudern.
Nun schnüre, Hassan, ihm die Kehle zu.

Christop. Ich bin in deiner Hand, indeß erreicht
Die Schnur, die mich erwürgt, auch dich viel-
leicht.
Noch wachet über uns ein höh'rer Lenker.
Nun führe mich zum Tode, schwarzer Henker.
(Hassan mit Christopulos ab.)

Zuleika. Barmherzigkeit, o laßt mich mit ihm sterben!
So höret nunmehr, ich will Christin seyn,
Gebt mir die blut'ge Taufe.

Reschid.   Gift und Dolch!

Zuleika. Der Tod allein soll fürder um mich werben.

Reschid. Willst du für ihn das Leben dir verbittern?
Komm und vermehre nicht noch meine Noth.

Zuleika. O seyd barmherzig, gebt auch mir den Tod!
(Reschid führt sie ab.)

Omer. Das könnte unser Einen selbst erschüttern.
Verloren ist die Braut; mein Siegeslauf
Zu End', ich gebe die Erob'rung auf.
Warum auch muß ich diesen Sulioten,
Ein Feind dem Feinde gegenüber steh'n?
Ein Volk, wie dieß, kann schwerlich untergeh'n.
Hätt' ich dem Sultan nie mein Schwert ge-
boten!

12. Szene.

Barnakiotis.

Barnak. Gott gebe langes Leben dem Serasker,
Und schenk' in seinen Augen Gnade mir.

Omer. Barnakiotis! wie, du wagst es, hier
Dich noch zu zeigen? schändlicher Verräther!
Du kömmst mir jetzt zur Unzeit, sag' ich dir.
Ein Überläufer war mir stets zuwider,
Ich haßte ihn wie einen Übelthäter.
Doch nein, du stehst für meinen Haß zu nieder.

Barnak. Straf' mich mit dem Verluste deiner Huld,
Bin anders ich an diesem Schlage schuld.

Omer. „Gehorche nie der Einstreuung des Bösen.“
Treuloser Grieche, du gibst mir die Lehre,
Du Apostat an Glauben, Pflicht und Ehre.
O daß ich dir zu trau'n der Thor gewesen!
Gabst du denn nicht den Plan zur Unterhandlung
Mir in den Sinn und bürgtest für den Ausgang?
Heimtückischer! Du logest mir zumeist,
Als ob du mit den Kapitänen drinnen
Geheim im engsten Einverständniß sey'st,
Du wirst auch jetzt auf Lügen dich besinnen.

Barnak. Der Kapitäne hielt ich mich gewiß,
Nur nicht des vielgewandten Botzaris.
Jetzt aber weiß ich einen Ausweg erst.

Omer. Entweiche, eh' du meinen Zorn erfährst!
Verachtung ist mit Recht Verräthers Lohn.
Du bist ein abgenütztes Werkzeug schon.
Erwecke ja nicht meine Leidenschaft!
Bei meinem Bart, es bleibt nicht ungestraft.

Du bist mit schuld am Morb des Sulioten,
Den ich so eben in ben Tob geschickt,
Zur Sühne für bie Tausenbe von Tobten,
Unb ben Berrath, ber ihnen so geglückt.
Nur auf ben Knieen unb am Hals ben Strick
Sey künftig mehr ein Grieche aufgenommen,
  - Unb lieber brech' ich allen bas Genick,
Eh' ungezüchtigt Schulbige entkommen.

Barnak. Ich schwöre, gnäbiger Serasker!....

Omer.   Wenn bu
Beim Thron bes Himmels schwörst, ich glaub'
                              es nicht,
Unb leg' auf bein Betheuern kein Gewicht.
„Trau' bem nicht, ben bu zum Berrath gekauft,
Sey er beschnitten ober nur getauft."
Von Prevesa ber Consul ist bir holb:
Geh' hin zu ihm, bu liebest ja sein Golb.
„Wer einmal aus bem Nil getrunken hat,
Kömmt wieber, sich an seinem Born zu laben.'
Biel tausenb Ränke trägst bu stets im Sinn.
Noch ein Bersuch, er bringt vielleicht Gewinn.
Unb konntest beine Brüber bu verrathen,
Warum nicht noch vielmehr uns Moslemin?
Dort schmiebe neue Pläne mir zum Truk.
„Das Wasser schläft, boch nie ber Eigennuk.'

Barnak. Berzeihung! Wollt ihr mich als Schelmen hubeln?
Hab' ich mit meinen Proklamationen
Denn nicht für euch gewirkt?

Omer.   Was sprichst bu, wie!
Berachtung ist bein Lohn; ich werbe nie
Mit beines Gleichen meine Hanb besubeln.

Du stehst so niedrig da, wie eben noch
Der Suliote hoch vor mir gestanden.
Wärst du im heißen Afrika geboren,
Du hättest einen Vorzug mehr, daß nicht
Schamröthe je dir färbte das Gesicht.
Die Griechen haben nichts an dir verloren.

Varnak. Vergönnt ein Wort nur!

Omer.   Laß dich nicht mehr blicken;
Wenn doch, so laß ich dich auf Eselsrücken
Rückwärts gesetzt fort aus dem Lager führen.
Das ist der Lohn, wie er dir mag gebühren.

Varnak. Weh' mir, weh' mir bei meinen grauen Haaren!
Daß ich am Heil des Vaterlands verzagt
Und mich von meinen Brüdern losgesagt.
Vergebung kann ich nimmermehr erfahren.
Ich habe schlimm an meinem Volk' gethan;
Den schwachen Muth, mein Unglück klag' ich an.
Vom Feind und Freunde bin ich ausgestoßen.
Nicht beten kann ich mehr zu meinem Gott;
Die Kirche selber hat sich mir verschlossen;
Der Himmel speit mich aus, mich trifft der Spott
Der Hölle und der Fluch der ganzen Welt,
Die eig'ne Gattin scheidet sich von mir.
Kein Freund ist, der sich mehr zu mir gesellt.
Verzweiflung ist mein Antheil für und für.
Der Menschen Umgang schon ist mir verhaßt,
Kein Wort des Mitleids kömmt von fremder
                              Lippe.
In's off'ne Meer will ich entflieh'n in Hast,
Auf eine unbewohnte Felsenklippe.
Auf Kalama ist's mir vielleicht gegönnt,

Daß Niemand mehr mich sieht und mich verhöhnt
Das Leben selber wird mir eine Last.
Wenn nur die Welt, durch meinen Tod versöhnt
Aus dem Gedächtniß meinen Namen brächte!
O daß die Erde mich verschlingen möchte! (ab.)

Omer. Noch Keinem ist sein Schicksal ausgeblieben,
Und was im Buch der Vorbestimmung steht,
Das bleibt unfehlbar auch für mich geschrieben
Mir ist, als ob mein Stern hier untergeht.
Den letzten Ausgang — ich verkenn' ihn nicht!
Kann ich die Mauerkrone nicht zerbrechen,
Zieh' ich hier ab mit schwarzem Angesicht *),
So wird der Diwan all' das Mißgeschick
An mir, an seinem treu'sten Diener, rächen.

Hassan. Verzeiht, Serasker: Ein Kapibschi Baschi.

Omer. Du lügst, sag' ich dir; zwanzig auf die Sohlen.

Hassan. Der Sklave küßt die Ruthe seines Herrn. (ab.)

13. Szene.
Der Kapibschi Baschi.

K. Baschi. Gruß dem Serasker, mächtiger Vezir!
Es ladet freundlich euch der Kapudan
Zu sich an Bord, um nach des Großherrn Plan
Die Maßregeln des Feldzugs zu besprechen.

Omer. Erstattet meinen Dank dem Admiral
Für seine Vorsicht. Sagt, ich sey daran,
Mit meinem Lager nächstens aufzubrechen.

K. Baschi. Ich finde, auf Befehl des Padischah's,
Es mangelt hier am Kleinen wie am Großen,

---

*) Türkische Redeweise für: mit Schimpf und Schande.

An Brod, vom Fleische nicht zu reden, das
Die Truppen lange Zeit nicht mehr genossen.

Omer.　Der Padischah, mein Herr, vermeint es gut,
Gott gebe ihm die Kronen aller Länder,
Doch die Minister an der hohen Pforte
Verweigern all' die Mittel dieses Feldzugs,
Erwartend, daß das Heer sich selbst erhalte.

K. Baschi.　Auf Sultans Kosten sind die Magazine
Für den Bedarf des Lagers angelegt,
Nicht zum Verkauf, zur Spekulation.

Omer.　Die Proviantfahrzeuge sind zerstreut,
Nicht unter zehn Piaster ist es möglich
Die halbe Okka Zwieback aufzubringen.

K. Baschi.　Die Schätze Ali Pascha's von Janina,
Wohin sind sie gelangt, seit der Rebell
Den jahrelang verweigerten Tribut
Zuletzt dem Großherrn mit dem Kopf bezahlte?

Omer.　Ist diese Mahnung an der Zeit? weiß man
In Stambul noch nicht, daß der Krieg verzehrt,
Und hier zu Land nur Wolf und Raben nährt?
Bin ich nicht mehr das Schwert des Großsultan?
Ich zählte auf den Dank des Padischah,
Und führte glücklich dem Serasker Kurschid
Fünftausende der beßten Krieger zu,
Sonst wäre Ali Pascha nicht gefallen,
Und vor Istambul stünden jetzt die Griechen.
Nun zürnt mir, ob des Golds, das der Vezir
Im Seegrund von Janina hat versenkt,
Der unersättliche Kaleb Effendi.
Wer spricht von dem Besieger Ali Pascha's?
Man denkt nur an die Schätze des Besiegten.

> Kurschid ist todt, er hat jetzt seinen Lohn,
> Durch Gift vielleicht, man spricht nur so davon.

K. Baschi. Ihr bürget für den Ausgang dieses Krieges
Und traget die Verantwortung der Schlachten.

Omer. So geht, und wenn erst der Entgang des Sieges
Endgiltig mein Commando Lügen straft,
Kommt wieder und begehret Rechenschaft.

K. Baschi. Und darf ich weiter nichts berichten?

Omer. Nein.

K. Baschi. So steh' ich nicht für alle Folgen ein. (Ab.)

Omer. Ich sehe viele Spuren wohl hinein,
Doch keine aus der Löwenhöhle führen.
Verstehe ich den Sinn der Ladung nicht?
Gib Missolongi oder deinen Kopf!
Ist's schon so weit, an meinen Hals zu rühren?
Die Schlinge ist nicht fein genug für mich,
Und meine Richtschnur ist nicht so verdreht.
So weiß ich doch, wie es in Stambul steht.
Im Schlachtgewühle bin ich alt geworden,
Soll ich den Schimpf der Niederlage seh'n,
Und ruhig warten, bis sie mich ermorden,
Gestützt auf diese Asiatenhorden,
Die noch dem Sultan zu Gebote steh'n? —
Ich kämpfe nur für einen Ehrenplatz,
Daß am Bab Humayum *) mein Haupt wird
prangen,
Wenn sie mich erst mit ihrem Fallstrick fangen.

---

*) Vor der „Pforte der Glückseligkeit" am alten Serai zu
Constantinopel sieht man Nischen, worin die Köpfe der
Reichsverräther ausgestellt werden.

So stirbt ein alter Albanese nicht.
Noch leg' ich meinen Säbel in's Gewicht.
Vom Schauplatz meiner Thaten tret' ich ab,
Vor meinen Augen graben sie mein Grab.
Von meinem Leben werd' ich abgesetzt,
Kann ich nicht Griechenland zurück ihm geben?
Voraus seh' ich den Sturz des Reiches jetzt,
Und meinen Sturz werd' ich nicht überleben.

o s. O Herr, dein Unglück komme über mich!
Die Albanesen stehen wider dich;
Sie werden ihrer Treu' und Pflicht vergessen,
Eh' nochmals sie mit Botzaris sich messen.

er. Wie, meine Albanesen rebelliren?

10 s. Hörst du denn nicht schon ihre Waffen klirren?
Sie schaaren sich um ihre Lagerkessel
Und fluchen allen Generationen
Des Padischah, ein Wuthgeheul erhebend.
Man habe sie betrogen, rufen sie,
Und drohen aus der Zeltstadt abzuziehen.
Gesammelt mehrt sich ihre Schaar, bald blitzen
Achttausend blanke Säbel über dir.

er. Wie oft hat der Arnaute um den Sold
Gemurrt, wie oft ertönte durch die Reihen
Die Losung: Nieder mit dem Sohn der
                      Sklavin *)!
Geh' hin, beruhige die Skypetare:
Ich sey daran, das Lager aufzuheben
Und den verwünschten Feldzug aufzugeben.

------

¹ D. h. dem Sultan, insofern er von einer tscherkessischen
Sklavin stammt.

Die Zeit ist um, der blut'ge Sturm mißlang
Es war für sie der letzte Waffengang,
Sie sollen heim zu ihren Weibern kehren.
Dieß werde ihnen durch mein Wort verbürgt.

Hagos. Ich will versuchen, was dein Wort noch wirkt,
Und ob ich bei der Anarchie kann hindern,
Daß sie nicht selbst die Lagerkasse plündern? (Ab.)

Omer. Wo seyd ihr, meine tapfern Tschabaren,
Die Ali Pascha seine Kinder hieß?
Verlaßt auch ihr mich, Gegen und Toriden,
Die noch in allen Schlachten mit mir waren?
Unwiderruflich ist mein Fall entschieden,
Verrathen seh' ich mich von aller Welt,
Kaum bin ich sicher mehr in meinem Zelt,
Und zittern muß ich vor den eig'nen Haufen,
Die meiner Fahne drohen zu entlaufen.
In Frage ist der ganze Krieg gestellt.
Mein Leben weihte ich dem Dienst des Schwertes,
So soll es mit dem Schwert zu Ende geh'n.
Heraus, mein Freund! noch bist du doch nicht
                                        stumpf.
Sie haben meinen Untergang beschlossen;
Doch gönn' ich nicht dem Feinde den Triumph,
Daß heimlich sie den Dolch in's Herz mir stoßen.
Die letzte Waffe steht mir zu Gebot;
                (Zieht den Krummsäbel.)
Noch bin ich Mann, mein Säbel schlägt die
                                        Brücke
Vom Lebensweg hinüber in den Tod.
Komm' an die Brust, erfülle die Geschicke —
                (Hält inne).

Was zaub're ich, wie ist mir doch zu Muth?
Ich frage erst noch, thu' ich damit gut? —
Wie! soll ich an mir selbst zum Henker werden?
Wo ließ jemals ein Moslem sich bewegen,
Verzweiflungsvoll die Hand an sich zu legen?
Und ich vergieße vor der Zeit mein Blut?
Werd' ich verhindern all' die bösen Läufe,
Wenn ich von selbst in's Rad des Lebens
     greife?
Verschlossen ist der Vorbestimmung Thor:
Darf ich das Schwert zu meinem Schlüssel
     wählen?
Darf ich die Frage an die Zukunft stellen? —
Ich ziehe ihren Schleier wieder vor.
Zwar stürmt die Welt gar grausam auf mich ein,
Doch darf ich drum mein eig'ner Mörder seyn?
Nachdem ich oft dem Feinde widerstand,
Geh' ich nun fahnenflüchtig in den Tod,
Und lege — feige an mich selbst die Hand?
Hinrichten soll ich mich der Welt zum Spott,
Mir selbst soll ich das Strafurtheil bestimmen,
So wie es dem Verbrecher mag geziemen;
Mich selber soll ich schleppen zum Schaffot? —
Fort die Versuchung! es ist Allah's Wille,
Daß ich mein Schicksal bis zuletzt erfülle.

Hagos. Herr! glücklich hat das Blatt sich euch gewendet,
Die Skypetare halten nochmal Stand,
Und Hilfe hat euch Allah zugesendet.
Schon zieht in schnellen Märschen Mustapha
Von Skodra mit erneu'ter Heeresrüstung,
Dem letzten Aufgebot der Pforte, an,

Um seine Macht mit eurer zu vereinen.

Der Ausgang kann nicht zweifelhaft erschein

Omer. Wohlan, so biet' ich Mustapha die Hand.

Noch schrecklicher wird sich der Kampf erneu

Den Roßschweif an die Spitze der Getreuen

Die schon zum Abzuge gerüstet steh'n.

Ich will die letzte Kraft zusammenraffen,

Vielleicht noch lächelt mir das Glück der Waffe

Dann aber wehe dir, Rebellenbrut!

Mit neuen Schaaren werb' ich wieder kommer

Und schreckliche Vergeltung sey genommen.

Die Schmach der Niederlage tilgt dein Blut.

Ich setze einen Preis auf Botzaris —

Wer mir ihn lebend überliefert. Wohl!

Ich will ihn seh'n, und mein Triumph sey dieß

Daß er zu Füßen mir sich krümmen soll.

Ja, diese letzte Rache nenn' ich süß.

So lang in meiner Hand der Säbel ruht,

Will ich, bei Allah! neue Schlachten schlagen.

Zu meiner Rettung will ich's nochmal wagen:

Ein großer Sieg macht Alles wieder gut.

(Beide ab.)

Vierter Akt.

1. Szene.

Lorbeer- und Olivenwald bei Blamia.

Die Pallikaren tanzen die Romaika, ihren Waffentanz, mit geschwungenem
Jatagan um eine aus Sätteln, Roßschweifen mit dem Halbmonde, Krumm-
säbeln, Turbanen, Satteldecken und Buckelschilden, Waffen und Gepäck
errichtete Trophäenpyramide, worüber die Kreuzfahne prangt.

Chor der Pallikaren.

Was kommt ihr Japygen vom Berge gestiegen,
Um vor Missolongi zu Felde zu liegen?
Die Veste ist Jungfrau und weigert den Tanz,
Drum lasset das Werben und meidet den Schanz.

Ihr Chimarioten in braunen Kapoten,
Wer hat euch zum Kriege nach Hellas entboten?
Entsendet euch Akrokerauniens Schlucht?
Jetzt kehrt ihr den Rücken zur schändlichen Flucht.

Ihr rauhen Chamiden, ihr Gegen, Toriden,
Nun lasset uns fürder in Ruh' und in Frieden.
Du Volk von Chamuri mit struppigem Haar,
Wehrlose zu würgen versteht ihr fürwahr.

6 *

Die Pascha sich plagen mit Rossen und Wagen,
Die freien Hellenen in Fesseln zu schlagen.
Wo bleibt Ali Pascha, der große Vezir?
Sein Kopf ist in Stambul, er fand kein Quarti

Tamburdschi rebelle, bis alle zur Stelle,
Wir schicken die Türken in Masse zur Hölle.
Erfüllet die Lüfte mit wirrem Geschrei,
Wir stopfen den Mund euch, bald ist es vorbei.

Hurrah! Pallikaren, im Schwerttanz erfahren,
Nun treibt mit den Säbeln die Türken zu Paare
Den Halbmond hernieder, das Kreuz obenan!
Hurrah! Pallikaren, bald ist es gethan.

(Die Trophäen werden vertheilt.)

Kitzos. Beim heil'gen Georg, das war eine Jagd!
Wo hat man so etwas erlebt bis heute?
Man sieht es schon an der gemachten Beute
Ich habe lange mich nicht so geplagt.
Doch laßt uns nicht auf Türken=Weise sitz
Die ihren Bauch auf krumme Beine stützen.
Wenn wir uns zu den Europäern zählen,
Darf selbst beim Sitzen nicht die Bild
fehlen.
Hast du vor Angst vielleicht so Blut geschwit
Schau nur einmal auf deine Fustanellen.

Papadop. Ein Albanese hat mich da geritzt;
Er wird wohl auch von mir sich was erzähl
Gar Mancher mußte unsrem Yatagan
Sein albernes Gehirn zu kosten geben,

Unb hat sich kurzweg häuptlings überstürzt.
Doch Dreien hab' ich selbst das liebe Leben
Mit meinem scharfen Säbel abgekürzt,
Unb stehst bu, so (macht die Bewegung eines Scharf-
richters) bei allem Wiberstreben
Den Turban sammt dem Kopfe abgekauft,
So wahr ein Papas mich als Christ getauft.

Kotzakos. Da schweige still! ben Kopf, was will bas
sagen?
Hab' ich boch gleich mit Einem Säbelhiebe
So einen Türken bir entzwei gespalten,
Daß eine Hälfte rechts, bie anbre links
Vom Sattelknopfe fiel, bas sollt'st bu sehen!

Stephan. Nicht mehr als bas? Ich habe Mann für Mann
Dir mitten abgehau'n wie eine Rübe.

Kotzakos. Was sagst bu? ei so lüg' in beinen Hals!
Da überbietest bu mich jebenfalls.

Kitzos. Ihr beibe lügt ba, nehmt es mir nicht übel.
Ich aber sage euch unb lüge nicht:
Wenn man zu Hieb unb Stich vom Leber zieht,
Vom Gegenmann bas Weiß im Auge sieht,
Unb mit bem Degen auf ben hohlen Leib
In einem Nu ihn burch unb burch ersticht,
Das, Bruder, kracht, unb ber macht ein Gesicht!

Papabop. Ich möchte nicht an seiner Stelle seyn.

Stephan. Ich auch nicht, nein, um Gottes willen, nein.
(Schüttelt sich.)
Es ist ein Spaß, bis es bir selbst geschieht;
Das nimmt man sich nicht zweimal zu Gemüth.
Ich hab' es unterschieblich auch versucht,
Doch wer es mir anthut, ber sey verflucht.

Kitzos (trauert): „Wer auf des Schwertes Lippen
Den Kuß zu drücken wagt,
Dem Feinde in die Rippen
Den blanken Degen jagt" —

Doch still und laßt das laute Reden seyn!
Dort unter'm Ölbaum ruht der Polemarch,
Müd' vom Gefecht, inzwischen schlief er ein.

Kotzakos. Wir haben uns ein schwarzes Schaf geschlacht
Bei meinem Hunger wird das nicht verachtet
's ist aus dem Türkenlager, gar nicht theuer
Am Labstock schwitzt der Braten über'm Feuer
Ich geh' und theil' ihn mit dem Yatagan
(Geht mit Mehrern ab.)

Stephan. Wie du die Türken theiltest Mann für Mann
Bei mir verdaut im Krieg sich jede Kost,
Auch trink' ich den Krasi aus vollem Schlauch
Auf Hellas' Freiheit! wie es ist der Brauch
(Trinkt.)
Wie paßt in unser Land der Türke auch,
Da er nicht trinken darf den edlen Most?

Kitzos. Der Muselmann? das bilde dir nicht ein!
Die einen trinken und die andern schlecken;
Der Großtürk läßt sich den Tockayerwein,
Die Sultaninen den Malvasier schmecken.
Doch, Kameraden, bleibt's bei unserm Wort:
Die Türken müssen aus dem Lande fort,
Gleichviel, und wenn sie auch versprechen sollten,
Daß sie mit uns vereint — den Wein vertrinken
wollten.

Kotzakos. Ein Pallikar lebt in den Tag hinein:
Vielleicht sind morgen wir schon todtgeschossen.

tephan. Nein, Bruder, darauf laß ich mich nicht ein,
Die Kugel, die mich trifft, ist nicht gegossen!
Der Tod ist in mich sicher nicht verliebt,
Sonst würde er mich längst gefunden haben.
Die Spartiaten scheinen's auch zu glauben,
Sie haben schon auf morgen noch Credit,
Drum sind sie wie die Raben auf das Rauben,
Und schleppen Alles in die Berge mit.
Sie machen ihren Vätern alle Ehre:
Wer ein Spartaner und kein Klephte wäre!
Patrakos, komm', ertränke den Verdruß!
Jetzt leben wir einmal im Überfluß.

(Reicht ihm die Flasche.)

Ein Trunk wie der ist besser als ein Fieber.
1808. Wir gehen, denk' ich, bald zum Angriff über.
Das kann ich mir von Botzaris nicht denken,
Daß wir uns auf Vertheidigung beschränken.
Ob sich der Feind gesammelt hat, ob nicht,
Der Feldherr hält oft plötzliches Gericht.
Die Proklamationen des Senats
Von Astros haben Hellas nicht gerettet,
Seit es bei Arta schief gegangen ist.
Wer hat die Sache wieder hergestellt?
Wer hielt die Stadt, bis der Entsatz anlangte?
Sagt an, wer schlug den fürchterlichen Sturm ab,
Und trieb den Feind beim Abzug in die Flucht?
Bei der Belagerung wie in der Schlacht
Hat Botzaris allein es ausgemacht.
Wer weiß, ob nicht noch Kind und Kindeskind
Das Heldenlied von Missolongi singt?
Als trüge er in seinem Arm den Sturm,

In seiner Fauſt den Blitz anſtatt des Schwertes
Verfolgte er den Löwen von Albanien.
Der Feldherr blieb allein der Herr des Feldes,
Doch will er nie von ſeinem Ruhme hören.

2. Szene.

Bozaris erwacht.

Bozar. Ich hatte einen wunderlichen Traum:
    Mein Weib und Kind ſind mir im Geiſt' er-
          ſchienen.

Ich fand mich, wie in meiner Jugend Tagen,
Eh' noch den Hirtenſtab ich mit dem Schwerte
Vertauſchte, bei der väterlichen Heerde;
Und eben, ſeht, verfolgt' ich einen Geier,
Der mir das beßte Stück der Weibe raubte,
Bis in ſein Neſt — ich fang' und faſſe ihn,
Um ihn mit ſammt den Jungen zu erlegen.
Da halt' ich eine Palme in der Hand,
Ein Schrei der Gattin mit dem Sohn am
          Arme —
Und ich, im Wahn, von Bergeshöh' zu ſtürzen,
Erwache ſo. Was das bedeuten mag?

Kitzos. Es iſt gewiß nur der betrübte Abſchied,
Der dir im Traume wieder vorgekommen.

Bozar. Wer gibt mir eine Schaale kühlen Scherbet?
          (Trinkt.)
Gut, ſehr gut! lang hat mir nichts ſo gemundet.
Wie geht es euch, wie Viele ſind verwundet?

Kitzos. Ich denke, wir verſchmerzen den Verluſt.
Wir haben auch den Türken wohlbewußt
Das kümmerliche Leben nicht geſtundet.

Lothar. Es ist an dir, mein Protopallikar,
Erstatte uns nach alter Krieger Sitte
Vom ganzen Kampfe kurz und gut Bericht.

Ile. Erzähl' und faß' es schnell in ein Gedicht.

Schlachtbericht.

itos. Der Feldherr rief: Der Sturm ist abgeschlagen,
Verfolgt den Feind mir, Kinder, auf den Fuß!
Laßt uns ihn über alle Berge jagen
Von Missolongi zum Achelaus.
Hei! wie wir sie mit blanken Säbelhieben
Vor uns, gleich einer Heerde Schafe, trieben!
Die meisten legten sich zum ew'gen Schlaf.
Da mußte man Karaiskaki seh'n,
Wie der im Kampf sich selber überbot,
Voll Zorns darauf schlug und in Einem rief:
Muth, Kara Hyskos, Türken schlägst du todt!
Wir waren wie der Sturmwind hinter drein,
Und mähten sie wie Distelköpfe nieder,
Wie Halme, die der Hagel in den Grund
schlägt.
Wer zählt die Todten, die das Schwert gefressen,
Wer Alle, die das Wellengrab verschlang?
Sechstausend haben rücklings hingestreckt
Von Missolongi bis hieher den Boden
Nach ihrer Körperlänge ausgemessen.
Von Waffen blieb weithin das Feld bedeckt.
Ein Rückzug war's bei fortgesetztem Kampf.
An diesen Tagen zeigte sich der Held.
O Panagia! Schreckensbleich, verwirrt,
Verzweifelt gaben sie uns Fersengeld.

Wie Nebel qualmte auf der Pulverdampf.
Mir selber ist ein schönes Stück begegnet.

Botzar. Was war das, Protopallikar, laß hören!

Ritzos. Ich lag am Waldessaum von Kubunia,
Da sprengte mit hochmüthigem Geprahle
Auf tigerfärb'gem Renner ein Bimbaschi
Im Flug bis zur Ruine Thermos vor,
Und forderte mit keckem Trotz und Hohne
Die Raja's alle zum Gefecht heraus,
Noch viele Worte wider Christus lästernd.
So tummelt' eine Zeit lang er sein Roß,
Bald jagt' er rückwärts mit verhängten Zügeln,
Bald wieder vorwärts, bis es mich verdroß,
Und ich ihn, sicher zielend, niederschoß,
Worauf die Andern ihre Flucht beflügeln.
Und als ich ihn im Blute schwimmend traf,
Da bat er mich mit Miene und Geberden
Gar kläglich um die Ehre der Bestattung.
So legt' ich ihn, das Antlitz gegen Morgen.
Leer fand ich seinen Gürtel von Zechinen
Zum Danke für den letzten Liebesdienst,
Doch hab' ich seine Stute eingefangen.
Es wird indeß, wir werden es erleben,
Bald noch ganz and're Neuigkeiten geben.

Botzar. Hat Keiner mir Christopulos entdeckt?
Ich habe schon seit Monden keine Spur.
Wo hält wohl der Serasker ihn versteckt?
Ihn zu befreien trag' ich heiß Verlangen,
Doch wie muß mir um seine Rettung bangen!

3. Szene.

Zuleika, in der Sänfte getragen. Belezes. Bessis u. A.

Belezes. Mein ist die Beute, mir die schöne Türkin!
Ich hielt zuerst die reiche Sänfte an.

Bessis. Wir jagten sie den Janitscharen ab,
Uns insgesammt gebührt das Lösegeld.
Willst du den Christenglauben gar verläugnen,
Um dir die Paschatochter anzueignen?

Belezes. Bist du auf einmal ein galanter Ritter?
Du halber Türke, halber Moskowiter.

Botzar. (hinzutretend). So wisset, daß euch allen dieser
Zank
Kein Lösegeld einbringt, noch weit'ren Dank.
(Öffnet die Sänfte, Zuleika tritt heraus.)

Zuleika. O nehmt mich auf, und wehrt dem Eigennutz!
Laßt mir nicht Leid noch Ungebühr begegnen,
Und der Allmächt'ge wird euch dafür segnen.

Botzar. Vertraue mir, ich nehme dich in Schutz.
Es bürgt für deine Ehre Botzaris.

Zuleika. Es war ein Botzaris, den ich gekannt,
Und dieses Kreuz ließ er in meiner Hand.

Botzar. Wie? von Christopulos will es mir scheinen!
Es ist von seiner Mutter und der meinen.

Zuleika. Um seinetwillen gönnt mir ein Asyl,
Obwohl er durch Serackers Ränke fiel.

Botzar. So ist er todt, erlegen seinen Ketten,
Und komme ich zu spät, um ihn zu retten?

Zuleika. Ich mußte seh'n, wie er sein Leben ließ,
Er starb als Held und als ein Botzaris.

Botzar.   So zählt die Schaar der Märtyrer von Su
Ein Opfer mehr — o mein Christopulos!
Wer gibt mir Trost bei diesem neuen Leid?
O Bruder, warum war ich dich den Armen
Der Mörder zu entzieh'n nicht mehr bemüht!
Bei der Madonna fleh' ich um Erbarmen,
Die unter ihren Fuß den Halbmond tritt.
Doch kömmt die Botschaft mir denn unerwartet
Seit lange schon betracht' ich ihn als todt.
Kaum ist der Vater durch Verrath erschlagen
Und meine Schwester des Verräthers Braut,
Dann reißt sich Kind und Gattin von mir los
Da muß ich meines Bruders Tod verschulden.
Die letzten Bande lösen sich, ich habe
Bald nichts mehr zu verlieren.   Ich erkenne
Des Himmels Willen, daß ich mit der Erde
Abrechnung halte, und sein Kämpfer werde.

Zuleika.   O seht in mir den Unglücksboten nicht.
Wo ist ein solcher freundlich aufgenommen?

Botzar.   Die Wehmuth ist es, welche aus dir spricht,
Weil du den Pallikaren nicht entkommen.

Zuleika.   Nein, für mein gutes Schicksal seh' ich's an,
Daß ich auf dieser Flucht zu euch entrann.
Drum seyd barmherzig, stoßt mich nicht von
euch.
Mein Herz hat in dem weiten Türkenreich
Nichts zu verlieren mehr, noch zu gewinnen.
Ich komm' zu euch und flüchte mich vor ihnen.

Botzar.   Hältst du bei uns zu bleiben für dein Glück,
So führt dich keine Macht der Welt zurück.
Hier kömmt Vasiliki, die eig'ne Schwester,

Die die Verwundeten im Lager pflegt
Und große Liebe zu den Flücht'gen hegt,
Die sich um mich, als ihren Retter, schaaren,
Der Überfahrt nach der Morea harren.

Basiliki. Ich höre, daß du Reschid's Tochter bist,
O sey von ganzem Herzen mir gegrüßt!

Zuleika. So hört! ich nenne mich von Kutahia,
Doch bin ich einer Christenmutter Kind,
Wie im Osmanenreich so viele sind.
Nach eurem Glauben trage ich Verlangen,
Wo man getrost dem Tod entgegensieht.
Die heil'ge Taufe wünsch' ich zu empfangen,
Daß Friede wird dem schmachtenden Gemüth.
Viel lehrte mich die Mutter in der Kindheit,
Doch lebt' ich fort in meines Glaubens Blind=
          heit,
Bis die Erbarmung mir das Aug' erschloß.
Die Gnade Gottes ist mit mir so groß!

Botzar. Dich führt zu uns dein guter Genius;
Und ist dein fester, ernstlicher Entschluß,
Den Bund des Heiles mit uns einzugehen,
Bist du als unsre Schwester angesehen.

Zuleika. Dem Glauben des Propheten bin ich todt,
Und lebe neu als Christin bei euch auf.
Nicht Vater, Mutter, Schwester hab' ich mehr.
Omer Brion war mir zum Herrn bestimmt,
Der wider mich nun auf den Tod ergrimmt;
Denn seiner Mordgier setz' ich mich zur Wehr,
Als er Christopulos das Urtheil sprach,
Und mit dem Stabe auch das Herz mir
          brach.

Basiliki. Du warst bestimmt zu des Thrannen Braut,
Der wider uns verfährt mit Mord und
Brand:
Ich aber ward durch Priesters Hand getraut
Mit einem Manne, der am Vaterland
Gesündigt als unglücklicher Verräther.
Gelöst hat der Metropolit das Band,
Und Wittwe bin ich von dem Missethäter.

Zuleika. Wir Frauen sind unselig in der That,
Wo nicht der Friede seine Stätte hat.

Botzar. So zieh' mit frischen Segeln hin nach Zante,
Der wundervollen Blume der Levante,
In's Haus Vitalis', der dich sicher schützt,
Wie er mit Proviant uns unterstützt.
Dort wirst du bis zum Friedenstage weilen.
Vielleicht wird Chrhse deine Hütte theilen.

Zuleika. Unglück läßt sich erzwingen, aber nicht
Im gleichen Maaße Glück, wenn es gebricht.

Basiliki. Gewiß, die Zeit wird deine Wunde heilen. (ab.)

Botzar. „Er starb als Held und als ein Botzaris!"
Es ist so hergebracht in unsrem Stamme,
Daß wir für's Vaterland uns opfern müssen.
Ermanne dich, mein Herz, ermanne dich!
Dem Fluch der kommenden Jahrhunderte
Sey überliefert Mohamet's Geschlecht.
Nun aber schwör' ich Rache dem, der so
Wehrlose würget wider Völkerrecht.
Ich will den Frevler finden irgendwo.

Papadop. Wer hätte von dem Markos das gedacht,
Als er, noch in ein Ziegenfell gehüllt,
Auf Suli's Höh'n die Heerden hat bewacht?

Obwohl er nie sich vor den Türken beugte,
Und immerfort zum Freiheitskampfe neigte.

Stephan. Nein, unsern Polemarchen erreicht Keiner.

itzos. Gebt Acht, ob es nicht wieder vorwärts geht.
So was vom Krieg versteht auch unser Einer.
Doch sieh', da kommen jetzt die Kapitäne.
Ich bin gespannt, was es zu melden gibt.

(Ziehen sich zurück.)

4. Szene.

Karaiskaki. Tzavellas.

Karaisk. Wir haben von dem Streifzug in der Nacht
Noch eben einen Aga eingebracht,
Der vom Heranzug des verstärkten Heeres
Der Albanesen Seltsames erzählt.
Wer darf jedoch auf alle Worte geh'n?

Botzar. So ist das Ungewitter schon so nah',
Dem ich von Norden her entgegensah!
Führt ihn herbei, er möge Rede steh'n.
Der Himmel trübt sich über unsern Häuptern.

Aga. O schenkt mir Gnade, gönnet mir das Leben,
Gern will ich nicht mehr dienen gegen euch!

Botzar. Wie bist du an Versicherungen reich!
Auf das Versprechen ist nicht viel zu geben:
Dich macht nur die Gefangenschaft so weich.

Aga. O laß mich flehend deine Hand erfassen;
Ich habe Weib und Kind daheim gelassen,
Wo mit den Wölfen sie die Nahrung theilen,
Und unter Gottes freiem Himmel weilen.
Wer sorgt für sie, wenn erst der Vater
fehlt?

Es ringen Tausende mit mir die Hände:
Daß dieser jammervolle Krieg bald ende.

Bozar. Was trägst du deine Haut zu Markt für Geld
Ein jeder Grieche wird von euch gehangen,
Der mit den Waffen in der Hand gefangen;
Wir räumen mit dem Schwerte auf im Feld.
Doch sollst du Gnade mir für Recht erlangen
Willst du mir zweifellose Auskunft geben,
Wie es um euch und euer Lager steht.

Aga. Mit zwanzigtausend Mann naht Mustapha.
Das Aufgebot der Gegen und Toriden
Entvölkert alles Land bis Czernagora.
Jetzt hat Omer Brion sich mit den Trümmern
Des Skypetarenheers zu ihm geschlagen.

Bozar. Ich frage nicht, wie viele? sondern wo?

Aga. Vor Karpenissa schlagen sie das Lager.
Der Pascha, Wuth und Rache schnaubend, schwört
Das Land in eine Wüste zu verwandeln,
Und alles Volk als Sklaven zu verhandeln.
Dort in der Ebene gesammelt liegt
Das stolze Heer, in Sicherheit gewiegt.
Sie wähnen euch entfernt wohl zwanzig Meilen
Und denken nicht so bald zum Kampf zu eilen

Bozar. Dein Leben ist's, das für die Wahrheit bürgt
Nur Eine Lüge — und es ist verwirkt.

Aga. Effendi, oder wie darf ich dich nennen,
Bist du nicht der Serasker der Hellenen?
(Stürzt auf die Kniee.)

Bozar. Ich bin's! und könnte zur Vergeltung für
Die Zügellosigkeit, den Mord und Brand,
Die ihr Arnauten stiftet hier zu Land,

Dich ungeſäumt in Stücke hauen laſſen.
Doch ſteh' nur auf, ich will dir Gnade ſchenken.

Aga. Erbarmt euch, jammervoll iſt unſre Lage:
Verſprochen hat man uns das blanke Gold,
Jetzt weigern ſie der Mannſchaft ihren Sold.
Wir nehmen, um zu eſſen alle Tage.
Ich zog des Morgens auf Fourage aus,
Da fiel ich eurer Vorhut in die Hände.
Ich ſelber bin am Fluſſe Drin zu Haus.
Der ſchlichten Wahrheit treu iſt mein Bericht;
Schenkt mir das Leben, denn ich lüge nicht!

Botzar. Ihr tragt von dieſen Türken für und für
Das Joch der Knechtſchaft, wie der Ackerſtier.
Ihr führet wider uns den Todesſtreich,
Und übt zugleich das Henkeramt an euch.
An eurem Nacken liegt der erſte Ring
Der Kette, die auch uns bis jüngſt umfing.
Ihr habt der Niederlagen nicht genug,
Dieß lehret dieſer neue Heereszug.
Daß ihr in Sultans Dienſt euch ſtets befliſſen,
Müßt ihr mit eurem eig'nen Blute büßen.

Aga. O laſſet uns das Unglück nicht entgelten,
Die wir alltäglich auf die Türken ſchelten.
Zum Ausbruch kömmt das Feuer vor der Zeit,
Denn ſtündlich wächſt die Unzufriedenheit,
Und Niemand weiß, wie dieſes Spiel wird
enden.

Karaisk. So tritt in unſre Dienſte, laß indeſſen
Den Paſcha Paſcha ſeyn.

Aga.   O Herr, verzeiht!
Ich habe Brod und Salz bei ihm gegeſſen

Und kann nicht wider meine Brüder fechten;
Doch soll er mich nicht mehr zum Krieg
knechten.

Botzar. Noch Ein's: wie lautet heut' das Losungs
wort?

Aga. Es ruft die Wache: Tzeleti: „wer bist du"?
D'rauf ist die Antwort: Ekure, das „Eisen".

Botzar. Gut denn, das Eisen tragen wir mit uns.
So bitte dir noch eine Gnade aus.

Aga. Effendi! lasset mich in Frieden zieh'n,
Wie Tausende von meinem Stamme wünschen,
Die man zur Schlachtbank schleppt.

Botzar.   So geh' und nimm
Noch diese Zehrung mit dir auf den Weg.
Geh' und erzähle deinen Stammgenossen,
Du habest Markos Botzaris gesprochen.
Ich bin euch Freund und war euch immer gut.

Aga. Wie seyd ihr groß an Sieg und Edelmuth! (Ab.)

Botzar. Es gilt die Albanesen zu gewinnen;
Sie können meinem großen Plane dienen.

(Die Pallikaren sammeln sich wieder im Vordergrunde.)

Hört, Kapitäne, edle Waffenbrüder!
Ihr Pallikaren, meine Freunde, hört!
Vernehmt die Stimme eures Polemarchen,
Und leihet meiner Rede euer Ohr.
Habt ihr den Schlachtschweiß schon von eurer
Stirne
Getrocknet? Nun, so sag' ich euch, der Sieg
Trägt uns als Ausgeburt erneuten Krieg.
Nicht wer gesiegt hat, kömmt mehr in Betracht,

Nein, wer zuletzt als Sieger übrig bleibt.

Wir haben ihnen oft den Bart geschoren,

Nun ist er wieder stärker nachgewachsen.

Jetzt gilt es, einen Hauptschlag auszuführen.

Ich seh' es kommen, Freunde, oftmals ist

Ein Augenblick der Vater großer Dinge.

araisk. Was denkest du zu thun?

char.   Was ich gedenke?

Erst schlagen wir die Pascha, dann das Heer!

Es ist gewagt! Ich fühle es mit Stolz!

Doch fällt euch Andern der Entschluß zu
schwer,

So nehme ich die That allein auf mich.

av. Hellas bedarf noch länger deines Armes.

char. Nie mehr als jetzt! wo ein Moment uns
rettet.

Ich hoffe heute einen großen Dienst

Der Freiheit und dem Vaterland zu leisten,

Was wir begonnen, glorreich sey's vollendet.

Mein Opfer ist aus Tausenden erseh'n.

araisk. Bedenk', wenn du dich fruchtlos opfern würdest!

char. Hier ist für mich nichts weiter zu bedenken.

Im langen Kampf ermattet unsre Kraft,

Und tropfenweis erschöpft sich unser Herzblut.

Noch viele Siege, und wir sind verloren.

Geschlagen kehrt der Feind von Neuem wieder

Und neue Häupter wachsen dieser Hyder,

Bis ich der Schlange ihren Kopf versenge.

Ein Tag entscheidet nunmehr unsre Zukunft.

Ist erst das Haupt gefallen, bin ich sicher:

Die Glieder werden uns nicht widersteh'n.

7 *

Karaisk. Das Blut so vieler Brüder heischet Sühne,
Ich fühl' es wohl; doch manchmal kann d
          Schauders
Sich selbst der Tapferste nicht ganz erwehren.

Botzar. Seit Jahren ist die Erde unser Lager,
Das Kissen unter unserm Haupt ein Stein.
Was soll das Ende dieser Kämpfe seyn?
Ihr traget standhaft jegliche Entbehrung;
Bei Durst und Hunger seyd ihr noch getrost,
Und nehmt vorlieb mit der Olivenkost.
Versagt ist jedem Wunsche die Gewährung.
Was soll uns da der Ölzweig um das Haupt,
Wenn wir dem Vaterland Cypressen sammeln?
Uns rettet nur ein unerhörtes Wagniß.
Ich seh' den Abgrund offen, der uns Alle
Verschlingen will: Ein Opfer soll ihn schließen.

Karaisk. Und dieses Opfer willst du selber seyn?

Botzar. Gott hat oft Wunderbares mit uns vor.
Kein Widerspruch! Ich wage diese That
Und wäre sie die letzte meines Lebens.
Laßt mich!

Tzav.   Allein dich ziehen lassen?

Botzar.   Ja!
Wenn je der Wolf in unsre Hürde brach,
Und im Gebisse stracks das beßte Lamm
Der Heerde fort in seine Höhle nahm;
Und wenn der Geier es im kühnen Flug
In seinen Fängen durch die Lüfte trug:
Wir warteten nicht, bis er nochmal kam.
Zur höchsten Felsenspitze ging der Lauf,
In tiefster Wolfsschlucht suchten wir ihn auf.

Und schlugen ihn mit unsern Knütteln todt. —
Wißt ihr, woher der Wolf und Geier droht?
So such' ich jetzt, der Feind soll es nicht
ahnen,
Das Unthier auf im Lager der Osmanen.

araisk. Wie dir das Feuer aus den Augen blitzt!
Dein Blick allein schon könnte sie erschrecken.

czar. Uns soll die Nacht mit ihrem Schleier decken.
Ich weiß, daß Gott den Muthigen beschützt.
Er wird auch, wenn mein Tod dem Lande
nützt,
Aus meiner Asche einen Rächer wecken.

av. Welch ein Entschluß! nur staunen können wir.

czar. Was staunt ihr, seyd ihr's ungewohnt von mir?
Wer weiß, ob dießmal nicht von Einem
Manne
Das Schicksal eines ganzen Heeres abhängt?
Den Pascha such' ich auf in seinem Zelt,
Noch diesen Abend zieh' ich wider ihn.
Unlösbar hat der Knoten sich verwirrt:
Laßt mich mit meinem Schwerte ihn durchhauen!
Zum Äußersten hat dieser Kampf geführt.
Das Morgenlicht soll ein Ereigniß schauen,
Daß Freund und Feind sich d'rob entsetzen wird.
Ich will das Türkenlager überfallen.
Ersehnt ist mir der Augenblick der That.
Ich will den Brand in ihre Zeltstadt schleudern,
Und die vom Schlafe trunkenen Barbaren
In ew'gen Schlummer wiegen. Immerhin
Wird es ein schreckliches Erwachen geben.
Dem Vaterlande schulde ich mein Leben.

Wer anders unter euch es b'ran zu geben
Entschlossen ist, hat weiter nichts zu fürchten
(Die Pallikaren greifen unwillkürlich zu den Waffen.)

Kitzos. Stratarch, wozu viel Worte? führ' uns an!
Noch leben deine alten Pallikaren;
Wir folgen dir, wie immer, in den Streit,
Und geht es in den Tod, wir sind bereit.

Botzar. Ich kenne dich, mein Protopallikar,
Mein treuer Waffenträger darf nicht fehlen.

Papabop. Wir Alle theilen mit dir die Gefahr,
O nimm uns an als deine Kampfgesellen.

Botzar. Es gilt vielleicht für mich zum letztenmal,
Doch folgen soll nur eine kleine Zahl:
Je zwei auf tausend; mit nur vierzig Mann
Greif' ich die zwanzigtausend Feinde an,
Und eh' der Morgen graut, ist es vollführt.

Nikolas. O laß mich mit an diesem Ehrentage,
Er wird der schönste seyn in meinem Leben.

Botzar. (faßt ihn bei der Hand). Wie? Nikolas, du alte
Kamerad!
Hat deine Haut noch Platz für neue Wunden

Stephan. Dein Stephanopulos erbietet sich.

Botzar. Du magst dich zu dem kleinen Häuflein stellen
Auch Athanasios begleitet mich.

Georgacki. Und Georgacki?

Botzar. Einer meiner Treuen!
So tritt ein Tapf'rer mehr in unsre Reihen.

Kotzakos. Vergönn' auch mir die Ehre, mitzugeh'n.

Botzar. So schließe dich uns an, mein Kotzakos.
Und ihr Gregorios, Nothis und Yakis,
Du Kiriakulis und Dimitri!

Ein edler Wettstreit herrschet unter euch.
Parganioten, selber heimatlos,
Wollt ihr mit uns das Vaterland erobern,
Und auch die Jonier treten nicht zurück?

Kitzos. Wir bauen und vertrauen auf dein Glück.

Botzar. Nun aber gehet, reinigt euch von Blut,
Und badet euch in des Kamphysos Fluth.
Schmückt euch und ordnet euer Haar sodann;
Auch ziehet eure Feierkleider an.
Umgürtet eure Lenden mit dem Stahl,
Darnach begeht mit mir das Schlachtenmahl.
Gereiniget als eine heil'ge Schaar
Zieh'n wir zum Kampf, als ging es zum
Altar.

(Kitzos mit den Pallikaren ab.)

Es sey für uns ein feierlicher Gang:
Mich aber stärke jetzt ein Kriegsgesang.

(Geht zum Lorbeerbaum, wo seine Leyer hängt.)

Tzav. Er tritt hervor mit seinem Saitenspiel,
Ich weiß, Gefährten, was das sagen will.
Es heißt zum neuen Kampfe sich ermannen,
Den abgespannten Bogen wieder spannen.

(Botzaris schreitet hervor und setzt sich auf einen Stein.)

Päan.

Freiheit, du Tochter des Sieges,
Ruhm, du Gefährte der Schlacht,
Krönet die Thaten des Krieges!
Gott, der Allmächtige, füg' es,
Bald ist das Letzte vollbracht.

Horch! an des Pindus Gehänge
Rauschet der Freiheit Akkord,
Rhigas' begeisternde Klänge,
Unsres Tyrtäus' Gesänge
Reißen zum Kampfe mich fort.

Meid' ob der theuren Briseïs,
Stolzer Achilles, den Streit.
Fern von der Gattin Chryseïs,
Fort aus der Heimat Selleïs
Kämpf' ich, dem Tode geweiht.

Herz! du voll Bangen und Zagen,
Fühlst du dich einsam, verwaist?
Gilt es, das Letzte zu wagen,
Bald wirst du nimmermehr schlagen,
Ist doch unsterblich der Geist.

Hellas zu retten genüg' es,
Wenn ich mein Opfer gebracht.
Heilet die Wunden des Krieges,
Freiheit, du Tochter des Sieges,
Ruhm, du Gefährte der Schlacht!

(Hängt die Leyer bei Seite.)

Was trag' ich hier in meiner Feldherrnschlamps?
Es ist für den Stratarchen das Patent!
Das steht nicht gut zu meinem Testament.
Nach hohen Würden trug' ich nie Begehren
Und unverhofft empfing ich solche Ehren.
Wer an der Spitze steht, erregt gar leicht
Den Neid der Untergeb'nen, wie mich däucht.

Mein Ehrgeiz ist, den Andern vorzugeh'n,
Wenn's gilt, mit Blut und Leben einzusteh'n.
In Ehrennarben an der Brust und Stirne
Besteh' das Siegel unseres Geschlechtes;
Und unser Adel weise seine Ahnen
Nur in der Linie des Schwertes nach.
Seht das Diplom: „An den Stratarchen von
Ätolien", urkundlich für Verdienste,
Die ihr mit mir um Hellas euch erworben.

(zerreißt es)

In Zukunft möge das Diplom des Ruhmes
Nur mehr mit unserm Blut besiegelt seyn. —

Mir saget eine ahnungsvolle Stimme:
Ich trete meinen letzten Feldzug an.
Drum sey mein letzter Wille kundgethan.
Mein Vetter Tuzzas, wann ich nicht mehr bin:
Dir überweise ich mein Weib und Kind,
Die in die Welt hinausgestoßen sind.
Du wirst sie trösten, wenn sie fern von hier
Den Tod des Vaters in Erfahrung bringen.
Auch dieses Kleinod stelle ihnen zu,
Es war für mich von ganz besond'rer Weihe,
Den Ring, das Angebinde meiner Treue,
Ein Andenken von einem Sterbenden,
Der sie bis in den Tod geliebt, und nur
Das arme Vaterland noch lieber hatte.
Nimm diese Waffen (überreicht ihm seine Pistolen aus
dem Gürtel) dann dafür zum Danke.
Die Schärpe dir, mein Protopallikar.

(händigt Ritzos seine Schärpe ein.)

Was treten euch die Thränen in die Augen?
Ist doch auf Erden nichts alltäglicher,
Als sterben; und wir Alle geh'n den Weg,
Der Eine später und der Andre früher,
Wenn die Natur es fordert oder Pflicht.
Und wer zum Tode geht, ist's nicht gewöhnlich
Daß der letztwillige Verfügung trifft?
Glaubt ihr, es sey mit mir schon ganz vorbei?
Wo faßte je ein Krieger Todesmuth,
Und opferte den letzten Tropfen Blut,
Wenn er den en'gen Tod zu sterben glaubte?
Ich hoffe selbst auf Erden fortzuleben
Und fortan leb' ich nicht für mich allein.
Ein großes Beispiel denke ich zu geben,
Das für die Welt soll unvergänglich seyn.

(Die Pallikaren sind inzwischen alle in vollem Waffenschmucke wieder eingetreten.)

Schlachtmahl.

Ich seh' euch festlich hier um mich versammelt,
Gefährten meiner Thaten, meines Ruhmes,
Um noch mit mir vereint das Schlachtenmahl
Nach unsrer Väter Brauch und alter Sitte,
Eh' wir hinübergehen, einzunehmen.
Nehm' an, es sey dieß unser Todtenmahl,
Wie bei den Helden von Thermopylä.
So lasset mich den Trank der Minne spenden,
Dieß Hagiasma der gekrönten Jungfrau,
Der glorreichen Beschützerin von Suli!
Auch der Verstorbenen muß ich gedenken:
Ich gieße dieß dem Andenken des Vaters,
Den Ali Pascha tückisch morden hieß,

Dann dir, Christopulos, den der Serasker
Verräth'risch aus dem Leben schaffen ließ.
Nun euch, ihr Hunderte von Waffenbrüdern,
Die mir in's Grab vorangegangen sind!
Ich denke euer, und in späten Liedern
Gedenkt noch euer Kind und Kindeskind.

5. Szene.

Grabesweihe.

Porphyrios.

Porph. Zuleika ist durch Christi Blut erkauft,
Ihr Name in Helene umgetauft;
Dich aber zieht's zum neuen Kampfe hin,
Und wohin steht dein kriegerischer Sinn?

Botzar. Dahin, wo Gott die Schaalen seines Zorns
Vielleicht noch diese Nacht ausgießen wird.
Der Herr ist wunderbar in seinen Wegen:
Gib uns die Weihe und den Grabessegen.

Porph. „Das Menschenleben ist ein langer Kriegszug,
Und Keiner wird gekrönt, der nicht gekämpft.“
Von Oben aber kömmt der Sieg. Wohlan,
Der Arm des Ewigen ist nicht verkürzt,
Und seine Macht will er durch euch erweisen.
Ein Rüstzeug sind wir nur in seiner Hand.
Je kleiner eure Zahl ist, um so größer
Bewähret sich die Herrlichkeit des Herrn.
Versöhnt euch mit dem Könige der Welten.
                        (Sie knieen nieder.)

Botzar. Was ich im Leben Schlimmes je gethan,
Bereue ich im Grunde meines Herzens.
Mit Gott versöhnt möcht' ich von hinnen scheiden,

Gedenket meiner, wenn ich fallen soll,
Und betet für die Ruhe meiner Seele,
Daß jenseits ihr das ew'ge Heil nicht fehle.

Porph. Das Blut des Herrn erlöset euch von Sünden,
Und wasche Schuld und Strafe ab. Der Tod
Des Martyrers ist ein Verdienst vor Gott.
Ihr werdet Gnade bei dem Höchsten finden.

Pallikaren. Vergib uns unsre Schuld, gerechter Gott!
Für deine Sache geh'n wir in den Tod.

Porph. Aus purpurrothen Wolken bricht auf's neue
Das Schlachtgetös mit Donnerbrausen los.
Empfangt von meiner Hand die Grabesweihe:
Nicht Allah, nein, der Christengott ist groß.
Des Himmels Segen ruf' ich bis an's Grab
Auf dich, du gottgeweihte Schaar, herab,
Auf daß der Herr durch euch sein Volk
befreie.

(Nimmt Staub von der Erde.)

Indem ich über euch die Erde streue:
Zur bildlichen Bestattung ist's gethan.
Gott nehme euer Todesopfer für
Den Untergang der Islamiten an.
Ihr ganzes Kriegsheer ist vom Herrn verflucht,
Auf daß Verblendung jedes Auge schlage,
Daß es umsonst den Weg zur Rettung sucht,
Und daß kein Mann von ihrer Niederlage
Die Botschaft mehr in seine Heimat trage.
Der Racheengel steiget mit dem Schwert
Hernieder, wie zum Lager der Assyrer,
Daß, was der Schlacht entrinnt, die Pest verzehrt;
Drum' Ali's Heer erfuhr es und sein Führer.

Der Ew'ge geht mit ihnen zu Gerichte;
Er hat zu seinem Streiter dich erwählt.
Daß er das Feindesheer zumal vernichte!
Das Lager wird ein weites Todtenfeld.
So seh' ich dem Verderben sie geweiht,
Ja Schrecken wird der Himmel in sie senden,
Eh' noch das Tageslicht die Nacht zerstreut:
Erhebet euch, umgürtet eure Lenden!

Botzar. Erhebet euch! wohlauf zur guten Stunde!
Wir stehen mit dem Ewigen im Bunde.

Porph. In dieser Waffenrüstung ziehe hin,
Wie Gideon mit seiner Schaar gethan:
Gott gebe Macht dir über Midian!
Vollende den Triumph, o Siegesheld!
Du hast dich unter sein Panier gestellt:
„In diesem siege!" wie einst Constantin!
(Deutet auf das Labarum.)

Botzar. Bekränzt die Häupter mit geweihtem Lorbeer,
Umwindet eure Schläfe mit dem Ölzweig;
Denn ihr seyd fortan eine heil'ge Schaar.
(Sie bekränzen sich.)
Es soll zugleich ein Zeichen für uns seyn,
Um in der Dunkelheit uns zu erkennen,
Wenn vor dem Türkenlager wir uns trennen.

Verbrüderung (Ἀδελφοποιεῖν).

Porph. Umarmet euch einander noch zuletzt,
Empfangt und gebet euch den Bruderkuß;
Denn auf den Tod verbrüdert seyd ihr jetzt.
Nimm den Aspasmos (zu Botzaris; küßt ihn) von
Porphyrios.
(Botzaris küßt seinen Waffenträger, Kitzos den Kotzalos, dieser
den Nächsten u. s. f.)

Botzar. Ehrwürd'ger Vater, nehmt von eurem Sol
Noch für die Armen und vertheilet dieß,
Damit sie beten mögen für die Seele
Des Dieners Christi, Markos Botzaris.
          (Händigt ihm etwas ein.)
Ein Mann für Alle, Alle für den Einen!
So soll der Feind uns finden fern und nah
So soll der Tod uns brüderlich vereinen;
Nun tauscht die Waffen, wir sind Blamia.
          (Die Pallikaren tauschen die Schwerter.)

Kitzos. Mein Leben ist dein Leben, meine Seele
Ist deine Seele. Fortan sey mein Freund
Auch deiner, und dein Feind der meine!

Botzar. Wohlan, nun rüstet euch mit mir zum Auf
          bruch!
Wir haben keine Zeit mehr zu verlieren.
Der Tag hat sich geneigt, sein letzter Schein
Umsäumet schon die höchsten Bergesmatten,
Es steigt der Mond herauf in seiner Pracht.
Und hüllet uns die Nacht in ihre Schatten,
Dann werden wir am Feindeslager seyn,
Die zweite Stunde nach der Mitternacht.
Versammle, Lambros Veikos, unsre Braven.
Ihr Zongas, Kara Georgios, Baltinos,
Andreas Hyskos, Mitzo Condojanni,
Tzavellas, Chalcobimos und Voldachis,
Bleibt mit dem zweiten Aufgebot zurück,
Und nehmt das Schlachtpanier in eure Obhut.
Ergreife die weißblaue Fahne, Tuzzas,
Und folg' in einiger Entfernung nach.
„Sternari", Feuerstein, ist unsre Losung.

Kein Schuß sey unterdeß von euch gethan,
Bis das Signal vom Lager her ertönt.
Wir greifen sie mit blanken Degen an,
Und stoßen sie zu Boden, Mann für Mann.
Doch wenn ihr sehet, daß die Zeltstadt brennt,
So rücket sturmschnell von der Seite an,
Das aufgeschreckte Heer im Rücken fassend,
Und so allseitig ihre Lagerstadt
Erstürmend und in Flammen lodern lassend.
Und nun kein Wort mehr! folgt in aller Stille;
In Gottes Namen laßt uns vorwärts geh'n,
Mit seiner Hilfe werden wir besteh'n.
Lebt wohl, lebt wohl! es ist des Himmels
              Wille.

Porph.   Ich seh' den Sturm im Feindeslager wüthen;
Ich aber will indeß auf Bergeshöh'n
Als Priester Gottes Sieg und Heil erfleh'n.
Der Herr der Heerschaaren wird euch behüten.

Pallikaren. Gott steht uns... Gott geleite uns!... Der Herr
Beschütze uns und gebe uns den Sieg!

(Trauermusik zwischen dem IV. und V. Akte.)

Fünfter Akt.

1. Szene.

Gebetsruf des Muëbbin *).

Es salam alek
Aleikum es salam,
Allah hu akbar,
Ja ales salah.
La Allah ill' Allah,
Wa Mohammed rassul Allah.
Allah hu akbar,
Ja ales salah!
La Allah ill' Allah,
Wa Mohammed rassul Allah.
Allah hu akbar,
Ja ales salah!

---

*) Wie in David's „Wüste".

Botzar. (hinter der Szene). Der Halbmond ist am Horizont hinab,

Und tiefe Nacht verschleiert unsern Anzug.

(Mit erhobenem Schwerte rechts in die Szene tretend.)

Der Herr hat sie in unsre Hand gegeben.

Pallikaren. Gott sieht uns! Gott geleitet uns! o Herr,

Gib uns den Sieg, wir weihen uns dem Tod.

Botzar. Sie schlafen, um nicht wieder zu erwachen.

Halt still! hier wo ist des Seraskers Zelt.

Verliert ihr mich im nächtlichen Gefecht

Aus eurem Kreis, hier bin ich in der Nähe.

(Ruft laut:)

Wo sind die Pascha? Hört ihr nicht, es rückt

Verstärkung für Omer Brion heran!

(Dringt in ein Zelt. Der Muëddin rennt mit einer Fackel auf die Bühne und zurück. — Botzaris schleppt Hagos Bessiaris beim Barte heraus.)

Hagos. Was ist das für ein Mißgriff?

Botzar.   Nein, kein Mißgriff!

Gib dich gefangen ohne Widerstreben.

Du, Henkersknecht der Sulioten! sollst

Mir nicht entrinnen. Faßt ihn, Pallikaren!

Hagos. Weh' mir, ich bin verloren. Gnade, Gnade!

Ich bin dein Sklave, schone nur mein Leben.

Botzar. Ein Laut noch, und du bist ein Kind des Todes.

(laut) Wo sind die Pascha? Die Hellenen greifen

Die Vorhut an. Wo find' ich den Serasker?

Hört ihr! Die Albanesen sind im Aufruhr.

(Minder laut zu Kitzos:)

Hier ist das Hauptzelt. Hieher, Waffenträger!

(Wirft den Mamluken am Eingang bei Seite, den Kitzos beim Schopfe faßt.)

Nicht mit gemeinem Blut befleckt sich heute
Mein Schwert; es gilt allein das der Vezire

Türken (halb schlaftrunken). Wo denn? Ein blinder Lärm
kein Feind ist da!

Andere. Wir sind verrathen, man ermordet uns.
Weh' uns, die Albanesen sind im Aufruhr
(Bozaris zieht Omer Pascha beim Barte hervor.)

Omer. Beim Zorne Allah's! Schrecklicher! wer bist du

Bozar. Erfahre, ich bin Markos Bozaris,
Gekommen, um euch Alle zu verderben.

Omer. So tödte mich, denn Ehre bringt dir dieß,
Wo nicht, so laß mich eigenhändig sterben.

Bozar. Kennst du mich jetzt? Sieh' an den Mann
Vezir!
Wornach dich oft verlangt, er steht vor dir.

Omer. Reicht mir mein Schwert, auf daß ich mich ver=
nichte.

Bozar. Gib dich verloren, Schlächter der Hellenen,
Du bist in meiner Hand, daß ich dich richte.

Omer. Du solltest meiner grauen Haare schonen.

Bozar. Dein Sündenmaß ist voll, der Racheblitz
Des Himmels zuckt zerschmetternd auf dein
Haupt;
Verzweiflung sollte tödtlich dich erfassen;
Es fordern dich vor Gottes Richterstuhl
Die Seelen Aller, die du morden lassen.
Ich bin ihr Rächer, fühle diese Pein!
Der Fluch der Griechen wird dein Grablied seyn.

Omer. Weh' über mich, ich will nicht länger leben.
Gebt mir ein Schwert! wer will den Tod mir
geben?

Botzar. Gedenke an Christopulos' Geschick,

Der Grausamkeit, der du dich unterfingest.

Der Säbel bricht und springt auf dich zurück.

Vergaßest du's? O daß du untergingest,

Erdrückt von dem Gewichte deiner Frevel!

(Getümmel und Schüsse im Hintergrund.)

Der Himmel selber streitet wider sie.

Seht, wie sie wechselweise sich erwürgen.

Stimmen. Verflucht! Was gibt es denn? Es ist ein

Irrthum.

Botzar. (laut und drohend das Schwert erhoben).

Es ist kein Irrthum, höret es und zittert!

Die Pallikaren sind in eurem Lager.

Ihr werdet heute Alle untergeh'n.

Stoß zu, Trompeter! blase das Signal,

Daß es wie der Posaunenschall am Tage

Des Weltgerichts in ihre Ohren töne.

Der Schrecken Gottes donnere sie nieder.

(Trompetenstoß. Es brennt im Hintergrund und die Bühne erleuchtet sich.)

Omer. Allah Kerim! Der Himmel sey uns gnädig!

Weh'! die Giauren kommen über uns.

Die Pascha sind geflüchtet oder todt.

(Neue Tubastöße werden in der Ferne beantwortet. Lautes Geschrei. Die Sulioten geben eine Salve.)

Botzar. Der Todesengel schreitet durch's Gefild,

Der Geier folgt uns leichenwitternd nach.

Die Zeltstadt brennt, von allen Seiten folgt

Der Angriff. Ha! es kehren ihre Schwerter

Die Ungläubigen selber gegen sich.

Seht, wie der Schrecken Gottes uns begleitet,

Der Arm des Herrn ist es, der für uns

streitet.

8*

Erschreckt, Barbaren!   Hier ist Botzaris,
Und Keiner wird lebendig ihm entrinnen.

(Geschrei. Die Aufmerksamkeit wendet sich auf die Griechen, die sich seit=
wärts halten. Schüsse.)

Omer.   Das Lager brennt, hier ist Verrath im Spiele.

Kitzos.   Feldherr! zieh' dich zurück, jetzt gilt es dir!

(Botzaris wird in die Hüfte getroffen. Kitzos läßt von Hassan ab
und springt ihm bei.)

Botzar.   Es macht nichts, Freunde, meine Wunde ist
Nur eine leichte.   Bringet mich beiseits!

Hassan   (bemächtigt sich einer Waffe, herbeistürmend).
Wo ist er?

Omer.   Der dort! ziele gut und schieß!

(Der Schuß trifft Botzaris am Haupte; er greift nach der Stirne.)

Botzar.   Tragt mich aus dem Getümmel, laßt mich
nicht den
Mohametanern in die Hände fallen.

(Sinkt in die Arme des Protopallikaren.)

Kitzos.   Er ist verwundet, auf den Tod verwundet.

Omer.   Der Griechenfeldherr ist verloren, ruft
Es weiter: Botzaris ist todt!

Kitzos   (mit dem Säbel auf Omer eindringend, den Hassan links
mit sich fortzuschleppen sucht).   So stirb!

(Tödtet ihn am Rande der Szene. Kampf der Türken und Sulioten, indeß
Botzaris am Boden liegt. Das Hauptzelt sinkt. Es öffnet sich der Blick
in die Lagergasse. Aus dem Hintergrunde dringt Constantin Botzaris,
sein älterer Bruder, vor. Allgemeines Handgemenge. Andere Kapitäne
von der Seite links.

2. Szene.

Luzzas (mit der Kreuzesfahne). Triumph dem Kreuze! nieder
mit dem Halbmond!

Constant. Markos, wo bist bu? Botzaris, wo bist bu?
Wo ist er? lebt er noch? ist er schon tobt?

Litzos. Hier liegt er, auf den Tob getroffen, fürcht' ich.

Constant. Was seh' ich, Bruder, beine Brust voll Blut,
Und auch bem Haupt entquillt es blutigroth?

Botzar. (erholt sich und wird aufgerichtet. Das Kampfgetümmel ver-
liert sich in die Ferne.)
Du bist es, mein geliebter Constantin!
Du kömmst noch eben recht, bevor ich sterbe.
Mit mir ist's aus, bie letzte Stunde naht.
Wo sind wir, und wem ist der Sieg ge=
blieben?

Karaisk. Wir sind bie Sieger, unser ist bie Wahlstatt!
Das ganze Türkenlager kehrt sich um.

Botzar. Zeigt mir noch bie erbeuteten Standarten.

Karaisk. In unsrer Hand sind achtzehn Türkenbanner.
Dir selber ist noch ber Triumph gegönnt,
Erfüllt zu seh'n, wonach bu bich gesehnt.
Um keine schön're Palme möcht' ich werben.

(Die Halbmondsstandarten und Roßschweife werden hereingetragen.)

Botzar. Dem Himmel Dank! Nun will ich gerne sterben.
Ich sehe scheibend noch ber Feinde Rücken.

Tzav. Von allen Waffenthaten bieses Krieges
Läßt keine sich mit diesem Tag vergleichen.
Sie rennen burcheinander wie betäubt,
Und sind nach allen Seiten hingestäubt.

Botzar. Beglückter Tod im Angesicht bes Sieges!

Conſtant. So lebe neu auf durch die Freudenbotſchaft,
Die ich von deiner Gattin überbringe.
Ein Brief von Chryſe liegt in meiner Hand!

Botzar. Gewährt der Himmel mir noch einen Troſt
Bevor ich ſterbe? Meine Gattin lebt.
Welch einen Zufluchtsort hat ſie erreicht?

Conſtant. Bis aus Germanien kömmt der Gruß an dich.
O daß ihr Fleh'n um deine Lebensrettung
In dieſem Augenblick Erhörung finde!

Botzar. Das engelmilde Weib! wie wird die Kunde
Von meinem Ende ihr zu Herzen gehen.
Die Kugel ſchlug auch ihr die Todeswunde.
Hienieden iſt für uns kein Wiederſehen.
Wo hat indeß ſie ein Aſyl gefunden?

Conſtant. Nicht ein Aſyl, nein, eine neue Heimat
Genießt ſie jetzt im Bavareſenlande,
Wo König Lodovikos jungen Griechen
Sofort ein Philhellenion gegründet.
Zu ihm, der von den chriſtlichen Monarchen
Zuerſt für unſre Sache ſich erklärte,
Ja als ein königlicher Freiheitſänger
Das Abendland mit Liedern auferweckt,
Nahm auf dein Wort auch Chryſe ihre Zuflucht.
Er ſorgt für deinen Sohn als zweiter Vater,
Und will ſtatt deiner ſeine Stütze ſeyn.

Botzar. So frohe Botſchaft wird mir, eh' ich ſterbe!
Gott ſey geprieſen, ſeinem Rathſchluß Dank!
Nur wenig Augenblicke hab' ich noch
Zu leben. Doch mein brechend Auge ſegne
Den König, deſſen ritterlicher Geiſt
So viele Liebe unſrem Volk erweiſt;

Der sich mit der verbannten Schaar umgibt,
Und sie wie Glieder seines Volkes liebt;
Ja, wofür noch mein letztes Wort Ihn preist,
So hohe Güte an den Meinen übt.
Heil Ihm und Seinem fürstlichen Geschlechte!
Was je ein Sterbender für seine Lieben
Im Herzen fühlte im Moment des Todes:
All' meine Segenswünsche gelten Ihm.
Den Dank des Himmels ärnte der Gerechte!
Gott möge Hellas bereinst einen Herrscher
Von gleichem Sinn aus Seinem Stamme geben,
Und Sohn und Enkel jenen Tag erleben.

Constant. Sprich nicht soviel, das Reden greift dich an.
Der Himmel weiß, was werden soll und kann.

Botzar. Ich kann nun nichts mehr thun für Griechenland,
Als es im letzten Augenblicke segnen,
Wo keine Täuschung ferner hat Bestand,
Und Gegenwart und Zukunft sich begegnen.
Ich schaue noch, bevor mein Auge bricht,
Den ersten Strahl vom neuen Morgenlicht.
Gedenket meines Todes, wenn der Tag
Der Freiheit einst dem Morgenroth entspricht.
Laßt mich voraus den frohen Tag begrüßen,
An welchem, wenn die Schwerter nicht mehr
                                                klirren,
Die Wohlthat der Befreiung zu genießen,
Das Volk sich einen Herrscher wird erküren.
O möge dann des Friedens Werk gedeih'n,
Und nicht mein Blut umsonst vergossen seyn.
Ich seh' im Geist ein neues Christenreich
Am Übergang zum Orient ersteh'n,

Und wieder blühet auf die Stadt Athen,
Ist auch ihr Glanz nicht mehr dem alten
        gleich.
Doch wenn von Creta bis zum Arius
Ein Regiment das ganze Volk umfängt,
Der Türke, aus Thessalien verdrängt,
Zurück muß weichen vom Achelous:
Dann möge ja zum Lohne meiner Thaten
Auch Suli, vom Osmanenjoch befreit,
Sich mit erfreu'n der neuen bessern Zeit,
Gleichwie es Hellas' Kämpfe mitgestritten,
Und mehr, als alle Lande hat gelitten.
Nehmt dieß von mir als heiliges Vermächtniß:
Die Freiheit Suli's bilde mein Gedächtniß. —
Bringt meiner Chryse dieß zum letzten Gruß:
Ich habe meinen Thatenlauf vollbracht;
Ich habe sterbend ihrer noch gedacht
Und unsres theuern Sohns Demetrius;
Dem Vaterland wird er statt meiner dienen.
Nur meinen Namen hinterlaß ich ihnen.

Tuzzas. Die letzten Augenblicke sind gezählt,
Ohnmächtig liegt der Suliotenheld.

Constant. Der starke Blutverlust hat ihn erschöpft.
Schon decket Todtenblässe seine Wangen.

Karaisk. Um theuren Preis erkaufen wir den Sieg.
Auch ich will nicht auf meinem Lager sterben.
Nach solchem Thatenwerk wird uns Hellenen
Die Christenwelt der Freiheit werth erkennen.

Botzar. (erholt sich). Was weinet ihr? beneidet mich vor
        Allen
Um dieses Glück, für's Vaterland zu fallen.

Laßt durch den Hintritt eines einz'gen Mannes
Euch nicht entmuthigen; ich habe lang
Genug gelebt. Doch nehmet meinen Leichnam
Mit euch: begrabet mich in Missolongi.
Zu einer höh'ren Fahne muß ich schwören,
Ist anders mir der letzte Sieg gelungen.
Hellas wird frei, mein Ziel — es ist errungen.
Leb' wohl, o Chryse! — wohl — mein Vaterland!

ιτζος.　Weh' uns, er stirbt! Der Polemarch verscheidet.
Ach, unser Aller Vater ist dahin!
Was soll aus seinen Pallikaren werden?

onstant.　Sein letztes Wort war: Vaterland und Chryse.

3. Szene.
Die Todtenklage.

Iorph.　Hernieder steige ich von Bergeshöhen,
Und seh' das große Heldenwerk geschehen.
Die Freiheit heischt als Opfer vor den Jahren
Den Edelsten der Söhne Griechenlands.
So sankest du, der Stolz der Pallikaren,
Doch unvergänglich strahlt dein Ruhmesglanz.
Dein Arm hat tausend Feinde aufgewogen.
Schnell wie der Blitzstrahl, der die Wolken
theilt,
Kamst du daher als Siegesfürst gezogen,
Du Adler von Agrapha, der im Sturm
So oft zum Kampfesfelde ausgeflogen,
Bis dich im kühnen Flug der Tod ereilt.
Du stürzest wie die Eiche des Olymp,
Und die Platanen klagen, daß dein Haupt
Zum letztenmal ihr Siegeskranz umlaubt.

Die Armut war bein Theil, bein Reichthum ist
Die Ehrenkrone, die bir Hellas flicht,
Und beinen Thaten fehlt ber Sänger nicht.

Das Schwert, von beiner Helbenfaust geschwungen,
Zerbrach, unb beine Leyer ist verklungen,
Der Schlachtgesang verstummt, jeboch es bleibt
Dein Name selbst ein ew'ges Ruhmeslieb.

Verhülle bich vor Wehmuth, Griechenlanb!
Nimm beinen Wittwenschleier, Carpenissa!
Das ganze Volk erheb' bie Tobtenklage.

Dem Helben Dank an biesem großen Tage!
Reicht über bieser Leiche euch bie Hanb
Unb bietet ihm ben letzten Scheibegruß.

Hier lernt Begeist'rung für bas Vaterlanb,
Unb schließet unter euch ben Friebensschluß.

(Die Kapitäne treten ber Reihe nach zu Bozaris unb reichen ihm unb
bann sich untereinander bie Hand. Die Sonne geht auf.)

Vergeßt ben Groll ber alten Eifersucht,
Unb ärntet seiner Siegesthaten Frucht.

Heil allem Volk, wenn uns bein Tob ver=
söhnt!

Dein ist bie Palme, womit hier unb bort
Der Himmel seine Auserwählten krönt.
Dein Geist, o großer Tobter, lebet fort.

Nun ist bie Sultansherrschaft abgelaufen,
Die Griechenlanb mit Leichen hat gebüngt;
Es muß bas Volk im eig'nen Blut sich taufen,
Bis es bem Phönix gleich sich selbst verjüngt.

Die Stunbe ber Erlösung hat geschlagen,
Auf beinem Grabe pflanzet ihr Panier
Die Freiheit auf nach schweren Sturmestagen.

Der Morgen glänzt, vorüber ist die Nacht;
Der Halbmond mit erborgtem Licht geht unter.
So geht zu Grabe auch die Türkenmacht,
Doch Hellas' Volk erhebt sich frisch und munter.
Die Sonne steigt herauf in voller Pracht,
So geht uns nun der Tag der Freiheit auf.
Es rüstet sich zum kühnen Thatenlauf
Nach langer, drückender Gefangenschaft
Die Nation in ungeschwächter Kraft.
O Botzaris! unsterblich ist dein Name.
Dein Heldenlied wird nimmermehr verhallen.
Zur Weihe seiner Kraft, zu deinem Grabe
Wird noch der späteste Hellene wallen.
Ich schweige, denn dein Ruhm durchbringt die
                Welt;
So lang die Sonne glänzt in hellem Schein,
So lange Hellas gute Bürger zählt,
Wird Botzaris ihr großes Vorbild seyn.

mußt. Die Pallifaren erheben und tragen Botzaris auf einem
te mit untergelegten Gewehren. Leichenzug. Voran die erbeuteten
schen Standarten, dann die gesenkte Fahne des Kreuzes. Por=
phyrios. Der Leichnam, die Kapitäne und das Kriegsvolk.)